HABEAS ASAS, SERTÃO DE CÉU!

Arthur Martins Cecim

HABEAS ASAS, SERTÃO DE CÉU!

EDITORA RECORD
RIO DE JANEIRO • SÃO PAULO
2011

CIP-Brasil. Catalogação na fonte
Sindicato Nacional dos Editores de Livros, RJ.

Cecim, Arthur Martins
C384h   Habeas asas, sertão de céu! / Arthur Martins
Cecim. - Rio de Janeiro : Record, 2011.

ISBN 978-85-01-09477-3

1. Romance brasileiro. I. Título.

11-2708   CDD: 869.93
                           CDU: 821.134.3(81)-3

Copyright © Arthur Martins Cecim, 2011

Editoração eletrônica: Abreu's System

O autor adota usos e formas próprios de linguagem.

Direitos exclusivos desta edição reservados pela
EDITORA RECORD LTDA.
Rua Argentina 171 – Rio de Janeiro, RJ – 20921-380 – Tel.: 2585-2000

Impresso no Brasil

ISBN 978-85-01-09477-3

Seja um leitor preferencial Record.
Cadastre-se e receba informações sobre nossos lançamentos e nossas promoções.

Atendimento e venda direta ao leitor:
mdireto@record.com.br ou (21) 2585-2002.

À minha avó Yara,
por sua poderosa e serena calma, iluminada e generosa,
que sempre nos nutriu e nutrirá com luz e que sempre irradiará.
Como irradia a força do universo.

Ali naquelas terras nunca antes navegadas, naqueles sertões, províncias de céu, deve haver um resquício de Eternidade

(assim pensou um homem)

HABEAS ASAS, SERTÃO DE CÉU!

Ó: assim o céu olhava para todos, enquanto,

Lá embaixo:

O dia irradiava, Enquanto os urubus, estes filhos da terra, colocavam-se a longas corcovas e suas sombras derramavam-se correntes correntezas de águas escuras pelas fossas do chão suas impressões corriam paradas sem decisão sem decisão disparavam com o crescer decrescer do sol sob a inclinação das nuvens. Os peixes, sonhados, com os olhos de desistência, estampavam-se no solo dos restos.

A terra, esta vivia neles, os sonhava de trás pra frente.

Os urubus, apinhados como cristas no beiral das paredes, se pareciam com declamações caladas que, vagabundas, eram cinzas, meu sonho, Admirando meu nome, era se saber que sonho teria um urubu.

Nos bares da cidade. Homens sentavam-se. A contemplar. A comentar. A comendar. Sob as estranhas aparições daqueles alados. Os urubus se dispunham, em alas, estáticos, em exílio, nos cantos dos murais. Não cantavam jamais. Não duelavam. Ficavam de duetos em duetos, porém, referindo-se uns aos outros. E quando um bêbado irrompia, com as calças moles, da rua para a abertura das calçadas, passando por entre os urubus acometidos pela fome sobre um peixe, estes batiam em revoada, arribando ao céu com as máximas latitudes, loucos de vertigens, a moléstia nos bicos, era como um vendaval. O qual, nos ouvidos, significava somente desaparição. E nem nada mais.

Os homens continuavam,

Os esgotos as coisas mais fecundas. A água infinita que decorria corria das correias chamadas calçadas provinha imprevista das frestas e todo tipo de escória acamava desde sucos mórbidos até chapéus belos, latas, tampas, lama, pregos, plásticos, folhas, caramelos, selos, ventres, ovas, escamas, guelras, água verde estagnada, poções horrendas e lacrimosas provindas imprevistas dos bueiros e paradas nas sarjetas imundas ah ó odor morto da realidade que mudava. Mas era feliz para mim que a água infinita que decorria corria entre as chuvas era infinita me era feliz a sobrar

Era sinal que o mundo corria. Vivo

Vez por vez urubus voavam violados de bandos pelos contornos vazios das praças esquecidas um peixe podre e pobre jazia na mina escavacada dos dejetos ósseos do chão:

— não é só o osso dos detritos puros que se alastra no terral adentro... (dizia um homem que segurava um papel infinitamente na mão como quem oculta um eco)... mas também são ossos toda sorte de coisas acasos que vêm para o ovário de lama e não-vida que fica logo abaixo das escadarias onde ondas batem, porradas lentas

— Se tu avistares melhor verás mais adiante meio que uma certa ilha que fica boiando como se fosse um cabelo esquecido, arrepiado pelo vento, sufocada pela distância, fica meio aparecida meio desaparecida, é pra lá que dizem que os urubus terão seus filhos que certos peixes ovam que certas coisas naufragam que certos naufrágios se coisam em outras formas que as coisas naufragam

Disse este senhor, Alamabo seu nome.

Homens viviam às margens do lado daqui a almejar alvejar aquela ilha nata que se avisava a eles mas permanecia como sonho como ova nos pensamentos somente como uma mente   a ilha rasteira na água que corava com o sol e amanhava os pensamentos iam e vinham longe como lama navegante de certo pensamentos rasos nossos da vida que se acolhe e se empurra amargada mas serena ela como filas de manhãs a se deitar nas manhãs mais camas um gole das cachaças mais brancas a repetir o marejar mais brando a passear os pensamentos mais amorosos pelas coisas mofinas mais vagantes

Aqueles homens bebiam das cachaças, sentados às margens das escadarias onde as ondas batiam, sentados e respingados pelas gotas da água que mareava entre peixes dias notas de água e trambecos os dias mareavam entre peixes. Os dias bailavam perdidos entre as águas que se emancipavam criando mãos que faziam mais mãos ainda os peixes sobravam soprados pelo vento entre uma onda e outra e sumiam entre os dias no meio das vagas que deixavam o mar sem cara. As sombras que se faziam entre cada fio de início de onda cediam e um meio-rosto se mostrava e desaparecia quando desaparecia reaparecido um peixe lábio e aparecido. Este ia, sumido, entre as idas das vagas. As estátuas que se formavam quebravam pediam favores a quem as viam elas se iam de vez sem resgate. E o odor fétido, de ova podre e pobre, exalava. O mar era um amar espúrio das coisas que batiam nas coisas.

Aqueles homens bebiam das cachaças com os olhos a ficar cheios de ouro mirando o horizonte com os lábios fazendo punhos o que buscavam estes homens senão sonhar o naufrágio dos peixes entre as ascensões das ondas Miravam um nada alguns até choravam outros até vetavam os olhos enquanto o mar bailava os ocasos entre os descasos das vagas certo é que eles viam algo que só se dizia nos olhos a seco o caminho para lá saía pelas ilusões quando pássaros batiam seus cotovelos para aquelas ilhas natas

Estes homens ficavam sentados nas beiras dos batentes banhados pela água, os peixes subiam à borda, bandejavam-se nas coroas dos moinhos, e eram levados de volta. Estes homens ficavam entre a água dos peixes e a água das sarjetas as quais, verdes, paradas como estavam, restavam, como abandonos.

Nos dias cinzas, quando as ondas batiam com mais veemência, levavam os pássaros a alçar voo ao todo, estes estavam de alto nos postes, árvores e muros: sitiados nas pontas de qualquer coisa, os Abutres faziam-se de pássaros contidos, encolhidos como estavam, e võo... um recado das ondas os soltava dos arcos e dos prédios... vôo eles descendiam levemente para um levante, como se abertos numa cartada de baralho, e iam abordar em outros centros (mas adoravam as pontas dos postes e espadas que se erguiam de algumas construções)... seus zunidos surdos faziam voo nos ouvidos, as ondas iam vinham sumiam...

Senhor Alamabo vinha à sacada de seu palácio, com o vinho em mão, olhava ao redor, via a baía das coisas, o encontro e desencontro das ondas o debandar constante e o recolocar-se constante dos urubus, via tudo como uma permanência e as arribas e pousos dos pássaros ao todo tudo como uma leva e desleva das ondas. Pareciam um movimento do mar as asas. A alibatação dos flancos. Lentos mas pesados. Parecia um elo perdido

Senhor Alamabo olhava para os homens, cálice em mão, e perguntava a Dolores, seu amigo, como andavam as coisas por lá embaixo. Este lhe respondia: — que os homens devem saber o que fazem... o mareio os embriaga... vez por outra vem um peixe à tona... grande... os homens acorrem à borda... para vê-lo... outros continuam a beber, sonhadores, batizados pelas vagas... vez por outra confusões, homens se acotovelam, um troco, moedas tostões medalhas palavras valores, ficam indignados voltam a beber, ai, esta ilha de homens e peixes... ah, senhor... mais bebida...?

Oh, sim, um cálice a mais de vinho, tu sabes Dolores, que este vinho nem o champanhe não acabam mais, minha razão de beber é serenar sobre as coisas, tu vistes aquelas ondas que vêm como vestidos?

Deem-me notícias das ilhas, quero vê-las daqui, o sol é fraco que hoje o seja,

Consenti que nobres amigos viessem aqui para beber champanhe

Podemos ver todos os homens daqui de cima, as corruptelas não?

— senhor? Esta ilha é de pureza, mas não se entendem... por vezes as moedas... por vezes os sonhos... por vezes as próprias vezes

— trarei seu champanhe ou vinho?

Deixarei a seu consentimento, daqui desta sacada posso navegar, já estou tomado banho, não? Daqui me alimentarei a ver os que não veem

Dolores se vai

Senhor Alamabo se vem à janela, olha com exacerbo as colinas de homens lá embaixo, as ilhas de pássaros, os infinitos bandos cada qual em seus apregos e estancados em cada ponta de lança e nos sossegos dos umbrais como um emissário uma missa que logo logo leve se esvai se tensiona e se destensiona

Lá embaixo: os mercadores, os cachaceiros, os sonhadores, os peixes, pássaros e as moedas, as sarjetas as calçadas e as escadarias o dia o sol o falar era constante entre a Constância das Asas os despachos e os empachos plantas flores réguas rezas cada gole a água rebulia entre as escadarias os homens distanciavam com os olhos a ilha diante

Era impressionante, e sobre isso alguns já se perguntavam/ como poderia haver infinitos ali? Era impressionante a infinitude dos bandos de urubus abutres, davam como frutos em todos os lugares como davam como frutos os peixes eles os urubus viam multiplamente todos os homens tinham olhares de várias realidades e os bêbados assim também com o torpor dos goles das brancas viam várias seções de realidades avariadas sem élan que cobriam umas às outras os peixes quando mortos já viam as diversas camadas entre o límpido e o embaçado

Um destes bêbados vira certo dia uma mulher a decantar água de dentro de um peixe derramava-a em uma cântara. Ela se achava num riacho distante, longe dos urubus, decantava a água debaixo de um túnel de madeira, uma pequena ponte. Tinha claros cabelos presos e o olhar vertia a água junto com as mãos. Límpia, dizia seu nome. Ali, longe dos motores da agonia humana. Ali, próxima de uma parte ingênua. Este bêbado fora desacreditado

Alguns bandos debandavam a povoar em sítio as balaustradas dos casarios mais propensos ao vento penso aquele que batia em polvorosa acuado um vento cujo som secava. A ida dos bandos libertos estavam os urubus uns dos outros como papéis borboletas ia sempre iam como uma ida. As pontas das catedrais careciam como ovários aonde os urubus iam de ida se pousar se coçar como ovas espalhadas, sopros. Nas sacadas dos prédios era o desvario das asas que quebrava o ar em bandos serenos o mar atirava suas ondas ao todo no baque dos marasmos. As janelas se olhavam, parecia, o vazio delas se olhava, mudo. Elas se perpetuavam naquela perpetração umas de frente pras outras nos momentos sempre outros do eterno sempre dia. Os ecos que se comunicavam de umas pras outras pelas penas das aves nas levas sensíveis. No passeio lençol. Voltava sempre re-ecoar nos re-ecos mais escondidos nas partes inquebráveis da realidade. Os vários olhos dos vários momentos das estátuas as espadas as torres as lanças eram pássaros parados no tempo. O balouço balanço balouço balar das vagas navegava para um navegar, eterno que se trocava, tremido.

Era importante a comunicação entre si das janelas vazias e como os urubus se tocavam nos selos das asas que batiam sufocadas o ar temperado pelo cozinhar do calor e este ar adocicado pelas engelhações da quentura cortava em direções proveitosas pelos ecos as falas mudas de janela para janela. E entre elas as flambas polvilhadas das asas que pareciam bater poeira sob o sumo do calor. O calor não ardia. Só cegava, raro. Sem rosto, precipício. Quando das comunicações os urubus opinavam, indo de ida insinuar-se nas cavas de outras janelas pareciam trazer a linguagem intacta daquelas outras janelas. E tudo mudava de posição tudo se reembaralhava. E os modos dos pousos contatos continha toda a linguagem da janela muda, a qual, ociosa, sabia onde os homens tinham que descobrir a palavra. Muito raro que algum homem ali olhasse pra cima a olhar o que aquelas janelas vazias diziam e miravam. Muito raro seus apelos pro cimo das instâncias. Viviam do mesmo jeito que falavam. Falavam do mesmo jeito que viviam. Como as ondas batiam igual à forma que elas tinham ruído.

Cadê O meu Troco: o mercado e as mercadorias e os mercadores todos no puxa me puxa levado pela ida vinda cega da multidão. A vista visão do mercado era impressionante calava animava a alma e calava os olhos animavam, as ondas bailavam. O baile com que a troca dos pesos dos sacos das moedas na linguagem dos valores e da significação era fácil de ver após um tempo quando se emudecia e se sentia uma constância um balé das significações. Aqueles mercados era a constância das significações. Ali a palavra e o gesto da provisão era o significado. O significado os unia e os desunia mas significado maior era o que unia a união e a desunião.

Enquanto as janelas mudas se comunicavam em cima a comuna em baixo reclamava sob os olhos vivos dos valores sob o bel prazer do aviar catedrático dos pássaros diante das ceias mórbidas negras quando a casca da carne abria às claras e o segredo das ampolas do mundo era revelado quando o estômago de um doce peixe pobre atrevia o olho quando o estômago de um peixe olhava para fora e se via a razão das guelras e tripas serem. Os cães hienavam langanhavam distraídos interessados pelo lado dos peixes largados indignos. As línguas marulhavam em correntezas de sabor. Alguns urubus topavam o chão, peitavam aquela visão delícia podre. Arqueavam arqueiros as asas arqueiros com os bicos. Molestavam a pobre carne do céu do mar. Retiravam o tecido. Perfuravam o brotante segredo, traziam à tona dos olhos as razões que amparam a carne o estômago as brânquias as tripas azuis roxas moles molhadas de bílis. Saqueavam aquelas fecundidades fedidas. Digladiavam com os bicos pingados, pongando de tanto em tanto até se chegarem no Ó da carne no abanhado. Davam sabotando ataques pingados com os bicos em leves e incoerentes ducados. O pavilhão deles era acordado daquele avultar animado e sabor. Um pavilhão acordado e espalhado pelo súbito lance do cachorro que decorre em direção ao meio-mundo de urubus apavorados e os espalha e cada um qual ida se espalha em seu lance meio espada meio espátula se espalha meio seda meio baralho se espada no alto das câmaras dos muros das urnas dos altos se enfurnicam espalhados de espada papéis altos nos tantos das alturas. Cada um com seu gole em seco seu casco casaco e asco como zero no mundo a última nota de valor subida assumida no arpoar vagabundo dos voos. Eles os urubus subiam os voos assumidos com suas asas retiradas em retiro penoso se assumiam para o alto como num altar de ar. Eles acolhiam-se assumindo postos posturas estaturas estátuas nos altares do puro ar. Seus peidos cinzas não eram nem ouvidos muito menos ressentidos nem assim pressentidos. Quando de seus traques puns peidos finos os ressentimentos dos homens só afum-chegavam a ser pressentimentos mesmo assim muito delgados pra serem não mais que símbolos. Os peidos com sons de fios eram tão finos que se ressentiam somente como ruídos símbolos. Um homem rampa empurrando com rombo uma caixa é de mercadoria que ela está gorda e amarrada pra não errar o cheio dela. O que tem nela é como o que há na barriga do peixe uma razão de ser. O homem, Mário dos Alagos, ata a caixona, rampa, ronca pra puxar ar faz ar com a boca dos roncos e pensa nos valores da medida do chão com um certo sentimento de significado quase diz mas é negociado entre duas moedas. Um urubu sobrevoa por cima da cabeça dele, todo medalhão orgulhoso de poder voar pousa no acantinho de uma árvore sobrado que o contém em seus ramos e galhos, atrevida de tanta folha e daninha. Alguém esbarra barra a caixa caminho ele Mário dos Alagos se queixa com queixo chato e boca frouxa sem jeito enfaixa as palavras grita caminho meu vai cair olha aí olha aí olha aí olha só. A senhora de mãos magras cata alface como cata plantas seus cílios cavam os tamanhos bons cava na manhã seu dia inteiro. Quase tropeça pede travessa passe entre as caixas distraída olha de lado os lados distraídos. Ela se despede despachando do momento enquanto o vendedor que lhe colheu para as mãos a alface despacha-o num gesto de santo molhado. Assim como ela anda num passo de santo mundo, olhando a tudo com labor e bolso. As moedas que capengam na balança do bolso e da bolsa têm o brilho saqueado pelo entusiasmo do mundo manhã. Dona dona segue, a ir na curva curvada na ida, enquanto as ondas lembram de bater nas memórias leves que levitam flutuam na memória das ondas infinitas. Corre um pouco da água pelo chão. Os camarões assam no sal. Caixas viram. Olhos ficam de redor. Alguns continuam. Outros ficam cativados pelo calor se sentindo sol de terra. Dois ou três pássaros alinham na lacuna de uma alçada. Ficam apatriados como filhos da Mundície. Assumidos naquelas cadeiras solenes e ariadas pelo acesso lançado do vento bem espírito. Naquela manhã o vento estava bem vento, bem capela.

— Foi eu que te dei dois vintém? Eu, heim?

— Foste tu sim que me deste dois vinténs. Eu te dei quinze.

— Eu, heim!

— Eu heim! E eu heim!

Dois homens um mercador vendedor de milagre e peixe outro comprador das matinas discutem na manhã. Com sabor. Reviravam as bocas. Vitravam os olhos. Precisava ver como falavam iniciando sempre as palavras: sempre iniciando as palavras.

Iniciando as palavras as palavras iniciando. Sempre.

Sempre assim pelo sabor dos valores.

— Esses dois homem me diz que deram pra mim dois vintém eu não relembro. Só que dei pra esse homem quinze. E aí, ai, como fica heim? Minha mãe tá me esperando em casa já vou pro almoço, e aí heim? Ah...o jeito...

— Tu deste quinze pra comprar o quê, tá?

— Pra um quarto de charque, a lama tá boa, não foi dez de devolver nada, foi viu quinze e ele me dá então dez, cadê quinze não foi não viu heim?!

— se tu me deste quinze pra um charque te devolvo dez mas tu me deste dez, viu!

— Eh heim! Ihhh, tá errado vê direito credita em mim, ah... mas...

— então vê com ele aqui, foi ele te dá o troco.

— ah, heim, quero o meu troco. Quero almoçar, ah...
mas...

— Ih...não foi assim...

— Ah...fum...

E no meio desse meio as moedas caíam de meio, de lado, giravam como ruídos do segredo, separavam, rodopiavam, pastando, sós, até desistirem num baque final e um som de ouro mudo gritar bem lá dentro delas Os urubus passeavam pelas cabeças dos homens desavisados mas provindos do vento avisando dos tempos traziam consigo o chegar das nuvens cinzas das chuvas ficavam estanques no trapézio no quadro das casas e edificações mas as chuvas seguravam o tempo. Demoradas a cair caindo de pouco em pouco pelas demoras. Enamoradas das casas e edificações. Pra banhá-las e soprá-las. Pois chuva e vento não mais se entendiam se confundindo.

Antes disso. Os urubus suspeitavam de longe das negociatas humanas e visavam de sobreolho nas caças dos peixes havia aqueles que morriam na beira só pelo desancorar da água que já vai no vem havia também. Os peixes que desancoravam engatados nas pedras desmoronadas das escadarias na seca náufragos junto às pedras e sacos plásticos e o molho das lamas e mortes monte sob monte despejado mais que despojado eram os peixes desancoravam salpicados pelos bicos gansosos dos urubus até se tornarem surrealmente espinhaço de peixe comido dançado pelas levas das idas das águas. Um homem passa com uma caixa carregando as frutas da manhã, Genério, se amotina entre os mercadores, ajeita para ele um espaço, se espacia se espaceia meio de lado pelos lados das beiras das coisas, Genério para. Para e respira respingado e colorido de suor e calor. Limpa a testa. Uma pequena igreja de pássaros o espia. O Espia, ó...o olho daqui como. O observam, o tem nos seus sonhos. Como se fossem filhos dos homens, destes homens. Os pescoços dos urubus, levemente esmorecidos e amolecidos, tomavam a forma de sinais de interrogações bem que tentavam aprender o mercado dos homens.

Enquanto Genério enxuga a testa uma senhora o empurra o depõe de seu lugar a abrir passagem rumando entre os rumos para seus dias. Ela quer um lugarzinho entre os pequenos cantos. As moedas que caem são caras e todos sempre as pegam pescam de volta. A senhora, neste apreço pela passagem, roça Genério e faz cair um valor dela, uma moeda. Se ajoelha para apanhá-la, a pega com valor. O tilintar de uma moeda ilumina o dia de todos. Inclusive acende os bolsos e inspira a linguagem. Seu Genério diz, ô senhora, não tá vendo não tem espaço pra passar. Ela torce o queixo de tamanco, torce o corpo, torce a linguagem, torce o dia, torce o sol e a sombra e se torce toda pra outro pequeno canto. Cata os passos como quem cata arroz, como quem cata e recata feijão. O sol brilha mais alto, a luz se faz honrosa entre as especiarias que se abrilhantam bonitonas ainda mais o cheiro digno das verduras se impõe vestido de dia o dia se impõe vestido de verdura o mar bate e volta e os bêbados se revelam revezando as vezes entre um aguar branco e forte que os lança para a maré entre as escadas e reparte os olhos das vistas bambeantes.

Os milhões de olhos e vozes que mais se parecem com voos entre águas águas entre voos enquanto as ondas batem entre as palavras são os milhões valores que distorcem a realidade rumam-se para a precisão dos acertos e negociações mercadorias significados dos dias. Uma senhora senhoriosa cautelosa chamada Osória aprova com sentinela o valor de uma farinha nua aberta a saca a sol e céu aberto prova com um pouco da mão o pouco daquele valor enquanto o sol a sal cega seus olhos enquanto os bêbados bebem da branca no balear da onda balançam às beiras e a onda que quebra fica a bolar e embolar embailando-os em suas insinuações mais imprecisas...a boca das ondas explode nas escadarias...enquanto os urubus duvidam...igrejados nos prédios...ajuizados encolhidos...como culpas...nas cúpulas das casas...nos arcos...ajuizando apontados nas espadas das construções...eles ajuízam sobre o ponto dos pousos...

Os mercadores se debatem se contorcem, se abaldam, as bocas cheias das palavras os bolsos das moedas as caixas cheias de razões como a barriga dos peixes cheias de coisas e outras razões homens abrem as barrigas dos peixes estes homens com barrigas estufadas os umbigos tufados saem revelam-se pelas barrigas as guelras os baços verdes bílis lacrimosas espumas pontos azuis tiram pela faca das barrigas as razões puxam pulam das barrigas as razões secretas da vida guelras os peixes reolham amolecidos banhados pelo progresso do sol sol cada vez mais mais a sal ofuscante os peixes reabrem suas bocas numa revelação final dos ventres os ventres se revelam como mãos a revelar licores verdes azuis o mercado triunfa as palavras viram homens os valores viram moedas um Urubu enfim se despede de seu cume indo bater as penas para outra altura indo de ida se apostar no alto de uma murada com taças naquela taça ele se impõe ajuizado pensando as interrogações sobre o que dizem os homens dizei-me dia o que dizem os homens entre os abusos dos voos muitos e os abusos leves das ondas várias que criam olhos na água e desfazem. As costas da maré se acotovelam e vêm enquanto iam nas idas das vindas que vinham e acostam acolchoam as paredes as escadas denunciam o eco destes encontros amorosos entre os desencontros

O abate das ondas entre os dias que se desgastam como as moedas o odor das moelas da carne o perfume podre e pobre dos peixes encanta as casas os altos as catedrais o mercado se mostra cheio de fendas repletas. O estirar dos peixes abertos um deserto de mortos à calçada cúmplice deles em velório eles se mostram os pequenos dentes e a moleza das veias a bílis parece à doçura dos segredos quando corre serena como pintura entre as partes veladas. Veladas pelos olhos das senhoras que as espelham admirando-as as peles o texto das peles as senhoras velam estas partes como textos caridosas perguntam quanto e olham doces piedosas quanto valem aquelas castas puras que vêm indo do fundo das águas os esgotos e as sarjetas por perto recebem o aguar das vagas que profundas relevam as beiras e sobem perdidas para a rua. Entre um baque e outro vem onda e esta água para entre as paradas das sarjetas as bolhas verdes criadas crescidas recebem o sangue das guelras dos eternos dias sem eternidade...

O sol acima cada vez mais. Os levantes pavorosos dos pássaros e os polvorosos que se elevam em elevações calorosas corridas pavorosas dos pássaros apavoram os palavrosos o comungar alvoroçado dos pássaros passa ruindo apavorando as catedrais e casas entre prédios entre pedras do mundo. Coçando-se se elevam os urubus como pássaros em estátuas voando baixo como sinais a montar quadros nas fachadas apinhados como missa ajuizando uns aos outros a calhar com o calor colhendo as sombras debaixo dos colos olhavam simples pelos lados, os Urubus, simples, valiam o vento...

Quando o sol engrossava, junto com o calor que assombrava, ficavam seus escuros vívidos entre as calhas paredes muros espadas dos velhos palácios, pareciam que a fome desmoronava as cores que o opaco que era cada urubu opaco opinava para outros poucos altos para picar com os olhos do bico as ruínas das carnes largadas e dos peixes desligados da água desmantelados entre as pedras.

Quando a maré baixava um pouco sumiam surgiam os sumidos surgidos vinham e se iam à tona

Então o centro dia engrossava, os urubus pássaros se tornavam centros...em seus cestos tronos...à espera da carne largada carne caída

Então um pássaro urubu lançava voo...

Corrido...

Na água das sombras...

Corria...escurecido pelo sol...adiantando sua sombra pelo chão...

O alimento ainda não...mas enquanto isso se acatedravam os urubus e outros pássaros nos cumes e encaixes das construções nos pés das beiras e se postavam a ver de lado o que ouviam lá nos encimas lá de baixo...não, nada ainda, ficavam acostumados nas pontas...esperando, esperando a carne chegar junto com os dias...vários, faziam simples, nos peitoris das janelas como planos de pedras, arquitetados entre as espadas as taças dos palácios enquanto os homens aos calos e falas fitavam as moedas...Os urubus ficavam também fitados...espiando uns os outros...assoprados pra longe pela aproximação confiada dos homens...na cátedra das construções cada urubu tinha seu aquém e além...permeando a intervalos uns dos outros as cúpulas...permeando as cúpulas...ficavam de cúpula e fitavam de missa uns aos outros e o milagre logo embaixo nos altos embaixo...um voava

Advinha, atroz o bico de torcida visando voo enquanto outros do outro lado viam de lado cada movimento pássaro a sombra sumia

Revelavam as capas escuras um outro urubu dos dias fitava com suas penas outro encravado como filho santo abutre

Somavam no deserto dos muros o calor secreto dos segredos alguns tocavam o todo deles cada cúpula missiva

Segredava o apanho a todos e alvoroçavam

Mas alguns voavam como espuma

Enquanto outros pousavam com jeito de pouco
entre uma cúpula e outra

Fitava um urubu o outro

Entre os dízimos reais

E assim, entre cada qual voo e ascendência e pouso e descendência das alturas eles reviviam o deserto se fitando como deserto

Alamabo dizia isto:
Alamabo assim ditava,

Cada urubu nunca esquecerá sua índole de deserto e a recria na mais paz das construções,

Traga-me mais uma taça, Dolores

Pois, asseado, adoro ver as vertigens lá do alto lá de baixo do mercado

Ficam também cavoucando os dejetos como se os dejetos fossem moedas esquecidas num longo deserto de valores da vida

Dão valores pros ovos esquecidos

Voam como ovos, voam redondos e próprios

Tão próprios quanto a palavra circular dos ovos

O espaço do amplo largo do céu diante das construções, o sol a fuzilar o chão, os pequenos largos onde protegidos os pássaros se comungavam era tudo ao todo tão circular que a paz ali era rara percebida. Alamabo, com a taça e o olhar doce, olhava aquele alto de baixo da sua sacada. Todos os dias o fervilhar lá era sufocante os homens respiravam sôfregos atando as caixas o ruído ossudo delas rilhando o chão era significativo, os bêbados ficavam estirados entre as beiras do porto onde peixes eram recompostos e compostos nas tábuas como coisas principais o avanço das senhoras pela feira era perdido urubus faziam sombra a navegar entre aquelas principiações

Do alto das catedrais urubus miravam ficavam de julgo a antever carcaça abandonada se mantinham num estar, como altares. Permaneciam como velações, algo os detinha imprevistos: pareciam repletos de vexame, envergonhados pelos negócios humanos a debocharem das coisas novas e cheirosas, tanto é que quando batiam em retirada como um desembaralhar circular seus levantes parecia um vexame, um enxame de vexames. Os urubus eram tão sinceros quanto as moedas, eram o troco da Terra

Ficavam de sobreaviso com as abas fitando os lados as abas os adiantavam pro céu mas não revoavam só ficavam meio corocas esgarçados vazios como sopros. O estopim de uma mão que varria o ar para afugentá-los os jogava ao vexame de novo tão leves e cheios de decoro que o marear das águas quando altas e confusas os lançava para outros pontos simples o gole das cachaças fazia amizade com aquelas molezas. Mas quando só estavam, mas quando só ficavam de estar, calados como um parlamento de olhos nos telhados, cada qual em seu pé de letra, em seu pé de telha, então pouco ou nada os assoprava de seus principais de seus lugares ponteiros. Quando então uma telha se arredava de seu encaixe, quando ela arranhava-se num som de pequena pedra assemelhando a sensibilidade de um vidro cauto era ai se era céus ó um deles um daqueles que por profunda imprudência se desajeitou numa dessas pontas de pedra numa dessas cavas oferecidas debaixo do sol. Era a denúncia do céu. Que se mexeu demais entre as províncias do alto entre as telhas que tão bem como mães os escondem do alto e do baixo. Logo, aquele homem, adorador sem amor destes pássaros corocas aquele homem que bem ouvia tais desajeitos na telha nada mais via a não ser uma sombra que pela marulha do chão passava como alguém meio algo que nadava entre águas que passava como quem algo que atravessa a correnteza do chão solo subindo e descendo entre os relevos as pedras e os níveis dos homens e do mundo. Esta sombra passava como um algo passagem reto cortando a bico e pensamento o vazio pelos paralelepípedos e ia pousar aprumar ajeitar-se acocorar corocar em outros penedos para lá ali onde tantos outros como ele algo se consumiam durante o dia através dos voos e parlamentos de asas, havia tantos que guardar um na recontança era igual a nada, eles não existiam, eles haviam. E denunciavam os sabores do céu quando caducavam os bicos ajeitando ajoujando o encaixe enquanto ficavam de estando nas telhas. A carne ainda não sobrava mas esperavam pela espera da chegada batiam as ondas os bêbados os licores subiam entre os pássaros pareciam que estes se embriagavam com toda esta ida e volta volta e ida vinda das coisas provindas.

Quantos deles deve ter por aí nem me pergunte que não sei lá vêm as ondas a nos dizer nada. Os filhos deles são criações geradas nas árvores nas ilhas que sonho devem ter ai disse Admirando tomando cachaça entre os boçais. Que sonhavam entre o aguar e outro das águas normas que vinham como normas retas e batiam cm idas cobertas por voltas e este vestido das águas que rodava em seus pés era talvez a vida que dizia nada era vida das coisas ao todo

Quando as telhas estavam quietas povoadas ao meiodia cheias da cheia dos pássaros que para ali provinham e dali provinham como enxames de vexame estas telhas quietas mornas eram o retiro do dia decomposto em eternidades, vento calor sol chão caixas rebento das ondas, cada filho do nada em seu posto, em seu simples, cavoucando as penas, meio-olhando o cheiro da carne, como se fosse o cu da eternidade. Sabotavam uns aos outros quando bicavam o voo ficava retido de embuste. Aí raro era. Mas quando uma telha remexia era a imprudência. Algum desajeitado desaletrou desencaixou seu pé de pedra assoviado por outros que se mantinham em seus pés mas o empurravam ar adentro para fora das construções péssimas, quentes e como igrejas murchas ainda que contendo o segredo da forma das palavras das palavras da forma vem uma onda frouxa e este algo quem será seria se sobressai e o que ouve o homem que ouve entre uma onda e outra e o prato cheio de meios dias o homem que ouve este deslocar da telha se espanta e só vê o navegar fornicando presságio que atravessa as correntezas do chão solo a sombra que diz que foi sombra fazendo-se sombra ao invés de se fazer água mas como navega o chão como quem atravessa uma forte correnteza em sua sombra é pura água o chão guarda essa água dos calores que espelha o céu pelas sombras que a muito custo o nadam

O homem vem outra onda. O homem depõe seu prato e olha pros altos das telhas vê nada a não ser a sombra que se abandona para sempre. Será que sombra mancha o chão? Pergunta-se um embriagado porque os urubus tanto esta correnteza atravessam espelhados de seus céus que se tem dúvida.

O espanta-espanta do revoar dos urubus parece um teatro do mundo quando todos se levam em seus lençóis para o lance das linhas do céu largo.

A grande pergunta seria se será que algum dia Alamabo desceria ao mercado dos peixes ficaria ao bel bater das ondas e respingos em meio àquele meio mundo de meios embriagados meios mercadores meios de aves meios pássaros será que algum dia Alamabo desceria ali? Boa pergunta, boa

Era só uma porta alta que encerrava o palácio da rua, trancada às pressas mas sem medo, que dividia a escadaria que levava aos altos do pequeno palácio dividendo. Lá fora o caldário das vendas o calor o sufoco dos muitos nas multiplicações. Alamabo nunca jamais descera ali, de cima tudo vira vendo.

Enquanto um urubu como sombra fantasma fazia leve contorno próximo à sacada ele bebia o doce sonho do champanhe asseado o vento lhe tocava o rosto como uma pétala um formigar de folhas e olhava sereno o alerta mais embaixo onde a multidão multiplicação diária de homens se apertava linguajando os valores pondo a dignidade na mesa das mãos a brisa da tarde já começava a chegar mais um diário na conta dos dias dias

— Porventura, mais champanhe, senhor?

Dolores, traga-me mais

— Já volto, na mesma volta das ondas

Como estão estarão as coisas lá embaixo, no alto lá debaixo?

Dizia em voz alta Alamabo sonhando

A água esgotada que corria entre as sarjetas trazia a bílis das tripas dos banhos das cachaças deságua das barbatanas escamas amontoados água amarela corria com as chuvas corriam como ventos entre as pedras canos bueiros bílis a água das ondas batia trazia a sangra dos cardumes vendidos ficava no esgoto um belo dum caldo verde puro de bolhas

O céu anunciava chuva, renunciava, anunciava, renunciava, as nuvens parlamentavam, reais e sombrias enquanto pássaros pássaros pássaros faziam traziam mais pássaros pássaros pássaros passavam as nuvens novas vinham os cinzas fantasmas ondas cresciam diminuíam respiravam menos ebuliam mais calmas o vento provinha,

As águas se organizavam cada qual de seu lado trazendo os tempos, o vazio, o sol nelas milhões de vezes afogado, as águas começavam a formar escuridões exércitos de forças braços dorsos as nuvens montadas se aproximavam, vendo de longe com segurança e dignidade, chegando como colinas de respeito as águas se organizavam cada qual de seu lado trazendo os tempos mas a paz súbita as dispersava o céu se abria como um céu cheio de provisões

Enquanto o vazio ia se organizando no surgimento dos sinais de chuva, se arrumando como numa mesa dos dias e noites, dias e noites servidos à custa do tempo e do espaço, o vento e as sombras, as nuvens iam sendo ordenadas, estacionavam no largo do amplo céu, este chão sombrio, os urubus ficavam serenos, respeitosos, altos, fechados nas asas, encolhidos, nadas. O princípio da chuva os danava. Eles se recolhiam em segredos. Torcidos em secreto. Finalmente o céu os chamava. Chiando em seus ouvidos, o zunir arrepiado do vento fantasma os enriquecia de provérbios, ovações, confeites, faixas: a chuva os condecorava, abrindo-lhes suas portas das províncias mais mundanas, os enriquecia honrava com gotas finas, chuviscos, faixas de água que varriam de lado a lado as ruas ruínas, pequenos chiados mais grossos chuva grossa ovações, remédios contra a má solidão, confeites de pequenos pedaços de água chuva que caíam quebrados em partes por partes, os uivava, os vaiava. A chuva derrubava-se os vaiava grossa eles não eram nada só recebiam as honrarias vazias do céu virado.

As águas corriam pelas sarjetas trazendo todo tipo de tripas e bílis papel troco, e este todo tipo de tripas e bílis papel troco corria rasteiro passando roçante por todos os corredores de água entrava pelas sarjetas caía nos bueiros ia como um trem uma condução só um atrás dos outros corriam fruídos e fluídos, o todo de tipo de tripas e bílis papel troco passava antepassava por entre caminhos estranhos pequenos lagos estacionados da chuva podre de peixe e escama subia colinas de dejetos latas descia como um elegante dobrar de mão servindo-se de caminho elegantemente entrava debaixo de arcos carramanchos atravessava os trechos sombrios trinchados o todo tipo de tripas e bílis papel troco ia lerdo remando o barco a virar quase bordejando toda sorte, até que num engolir rápido sumia, para sempre descido numa boca de bueiro que não mais os traria de volta uma boca de inferno os desapareceria eternamente

Alamabo pedia a Dolores que fechasse as janelas da sacada ficava a ouvir as gotas intrépidas da chuva pocar e povoar nos vidros mortos, congelados, inertes.

Os urubus ficavam a espaços   ovacionados
Pelos gritos perturbadores   da chuva solitária
Ela vem clamar por sol   dentro de seu
coração frio   vem ela indomada
cheia de faixas   E contorcida viver
a cheia do nada   Os urubus páram
a ouvir   Em suas igrejas
em seus pés   Em suas grutas
cavas   De parapeito
postados   Santos imagens
Alas   eternos

Tão sós de eterno.
Povoados sob a chuva.

A água não parava os pássaros estavam sumidos parados desamparados em algum pátio de solidão sem passeio pássaros que se equiparam à emancipação da chuva parados para se emancipar pelas separações do ruído comidos pelos cantos até se apertarem nas paredes naqueles sonhos que os amamentam com suas mãos vazias os pássaros comidos pelos cantos pela chuva se apertam nos seus buracos de parede janelas se entocam cada vez mais apertados pela chuva que aumenta engrossa os comendo pelas beiras o fechar-se-em-si-mesmo das asas fecha seus casacos sobre suas honras humilhados pela água se recolhem para se honrar

As últimas gotas de chuva eram como as últimas aparições do mundo do mundo subterrâneo do alto do céu. Mas eram gotas do mundo subterrâneo que tocavam o mundo das sarjetas e dejetos cheios de olhos e guelras. As águas se encontravam para por fim. Era o início de novo mundo. Quando ficava a respiração aliviada do vento. Os últimos córregos de água e as últimas gotas que começavam a se retirar, respirando entre os cortes do vento como vestígios do mundo desaparecido da chuva caindo os últimos cachos de uvas doces nas cabeças dos homens os homens estavam agora mais doces mais tranquilos a marulha do mar já apacientava quieta meio criança tocando as escadarias entre os leves balouços das ondas como se nascesse do nada. O renascer já mostrava seu rosto vazio a crescer de novo quando os homens já saíam das tocas os pássaros os urubus já abriam a paz das asas a lavar o céu com seus voos com o signo frio dos seus voos voavam como um para sempre os outros para sempre o sol banhado pela chuva já se acertava o vento batia marolas a curtos esvaziamentos os homens continuavam a beber os méritos a cachaça vinha com sotaque de sangue e com sotaque de sonho estes homens vi-

nham com sotaque de vida enquanto as ondas sendo espelhos... no expirar da chuva entre os vidros do vento...se
demoliam, quietas, santas

Alamabo pedia a Dolores que lhe abrisse as janelas,
este corria as mãos pelo parapeito da sacada, sentia o corpo
da chuva ainda presente

Ali, ao longe

Um pássaro ilhado

No céu

Antecipa seu voo. Indo ver aquelas províncias de perto. Parecia passear sem culpa. Sem culpa nas curvas.

Havia, entre os barcos botes, esconderijos de terra que a maré revelava quando secava e revelava a areia os sacos papel a areia limpa mais despojos de peixes e marasmo, os cantos juntos aos muros ao pé da praia faziam ver a areia limpa mais os sacos papéis e farelos de escamas que se iam roubadas na onda, por ventura uma garrafa de pinga era levada para ser trazida lentamente pelo repuxo o ataque dos urubus a alguma carniça não se dava sem consolo os desgarrados ficavam calmos picando pequenas levas de restos mortais a areia trazia seu corpo de areia pela areia e fazia formas até que quando a maré secava mais o banco da areia se revelava puro o puro passeios dos urubus e pequenos pássaros pequenos pássaros ao passear asseado das mancas vagas

O fim da tarde anunciava um outro sol

Mas enquanto isso os bêbados ficavam entre as saídas das águas pelas sarjetas e o beiral seco da maré que batizava sempre a calçada com os respingos inaugurando sempre o sempre variado que fazia composição nas ideias eternas dos vagabundos estes ficavam nos dias mais cheias entre a borda da maré com a calçada e um algo outro chamado o tanque: ali, sempre variado, havia uma água pública que era fresca, turva, onde todos ao todo se batizavam com banhos inaugurais não mundo fecundos nas limpezas mas limpos ao se entregar aos balanços entre a água da maré e do tanque que se encontravam e aquela piscina pública variava entre algumas escamas que vinham das ofertas das ondas

Provindo José, um bêbado famoso amador dos urubus que bebia e olhava para as ilhas lá adiante, fazia-se de onda indo e vindo com as ondas as ondas faziam-se de homem vindo e indo como ele, os goles na cachaça eram firmes os olhos pareciam uma terra firme vivendo as ondas sem medo os pássaros voavam revoavam pássaros pássaros ondas bestas batiam bestas gritavam os pássaros gritavam entre cada sabor e outro Provindo José se mantinha de peito aberto pra aqueles falava com esboço tentando as palavras enquanto as ondas usavam tentáculos para passear suas palavras os pássaros voavam de paz a paz. e a paz das ondas voava para as ilhas concentradas na distância

É verdade que os urubus eram destratos. Era verdade que eles, no enfim por fim da chuva e das águas de passeio, desciam dos altos receosos, variantes e variados, como confins. Após a certeira da chuva tocando todos os cantos eles pássaros variavam as vigílias valendo-se de seus horizontes como nortes arborizados por nuvens e dúvidas sobre o próximo berço dos alimentos em que perto cárcere as asas se abarcariam seus meandros catucantes pela areia da não mais cheia confiavam-lhes doces sombras de pássaros viam refletidos nos recheios seus antigos ovos a inocência dos rios de carne paravam pássaros eles meio pássaros a indagar a passagem da terra por eles eles pela passagem da terra seus ternos glúteos eram perguntas escuras sobre o sol das fugas do tempo. Deslizavam das altas casas, feito sombras pesares esperançosos águas da solidão que se desfazem após um ponto de tempo em algum rio de janela e no vazio que as enche, o diário deles era pura instalação de noites nos peitos afoitos das catedrais, eles fugiam afoitos pelos antros das construções levando consigo algum manto inacreditável o mais das vezes voltas de noites ao redor de dias sagrados

Amparavam-se nos espectros dos muros como quem atraca palavra suas garras não eram fracas diante destas vozes de pedras. Era como se, ai meu deus ai minha alusão, as pontas de pedras das casas as altas construções os chamassem como mães eles as viam de longe e saltavam como quem faz o vento ser quem ser alguém ser sem leves afastados do mundo a ir vir cá ou lá ter com suas respeitosas mães que pareciam pareciam pereciam estender suas mãos doces e vazias para tê-los, era maravilhoso sedoso

Era maravilhoso sedoso como as catedrais as altas casas os edifícios as construções os clamavam com suas entradas seus úteros seus cavos para elas. Eles pouco vacilavam nessas chamadas elas as catedrais os chamavam moles amolecidas como se mudassem de pouco em pouco para contê-los nos seus apeios nos seus pousos em seus cestos em seus seios eles vinham de dar pena de dar ó de fazer ó com suas cabecinhas de pássaros tristes constritos da terra suas fracas asas cansados de apegar os bicados da carne lá embaixo de murmurar terror pelas sobras de murmurar terror pela fome atacavam sem santo cada punho de comida como se cada punhado fosse remendado para eles como se não houvesse pena nem dó pelo nada os coitados aceitavam de congrado cada fato fatiado da terra, aceitavam-no como um valioso rarofato. Reviravam-se cheio de atos em torno do resto dócil arquitetando dóceis cada picado cada punho de tanto que pegavam até parecia com as mãos o bico. Troçavam-se uns aos outros aos pulos malditos os procurados conscritos. Quando por fim a carne se esvaziava de seus temores. Iam ao fim, voar com ares eternos para os amparos ao aparo das mães janelas que por fim os retinham todos cada qual em seus lugares seus ventres de pedra para dali fundarem consolados novo mundo.

O diário de um urubu se resumia assim:

Enquanto Alamabo navegava asseado em seus champanhes a pensar o céu que vivia ali embaixo no mercado e nas sombras enviadas dos pássaros puritanos, vinham estes enviados de encontro aos olhos dele e ficavam de sombra em suas lembranças

Assim se resumia o diário de um urubu:

Que provava aos homens que o céu é o mais perto da escuridão

"quando dos meus primeiros dias nada lembro, somente que me pus ovo do útero hemisfério da minha mãe. Parecia que estava assinando minha carta de sorte num novo mundo quando meu bico coçava o ninho. Meu cheiro era podre, amável. Minha mãe, Aurora, voava, eternizada, caindo para as descidas do céu, sumindo no mar da noite, diante do frio eterno, eu a via se entrar pela sombra dos escuros e do azul infinito da noite abissal, via algumas pontas de céu algumas pontas de prédio, destas coisas infinitas dos homens. Ia ela em busca da busca. Talvez buscar alimento. E e meus irmãos nos acostumávamos em paz a ficar de segredo no ninho nos comportando como pequenos tantos de vida, o calor era criado quando nos coçávamos uns nos outros. Lembro do ralar das penas e do trincar dos bicos e do grude das pálpebras, o odor era de odor, havia um odor de odor, do qual pouco posso dizer a não ser que fora meu ser, meu ser era cheiro.

Minha mãe se demorava pelos becos do céu, admirada de tanta liberdade, desesperada por alimento também e pela liberdade de poder se desesperar com liberdade, eu ainda não tinha noção das alturas, eu divagava me coçando entre os ramos, mal sabia que a liberdade me acenava de longe, mãe maior.

Meus irmãos me adoravam adornavam, nos coçávamos para afugentar o frio, frio que somente amavelmente temíamos e que somente pressentíamos. Lá embaixo, no mar da noite, feito de ar, casas, templos, monumentos, homens, coisas de homens, e ligares onde nenhum homem ousava se aventurar, e lugares onde nenhum homem ousava se aventurar, tais como casas de pombos, cruzes altas, telhados de casarões, alçadas de palácios, palácios de árvores, a vida de uma outra coisa vivia. Aprendi desde cedo, por sinais da fala de minha mãe Aurora, que queria me ensinar a baixa sabedoria dos meio-altos, que as árvores, assim que eu crescesse, não eram árvores, mas que antes eram como palácios: deviam ser tratadas com o maior mistério, que minha hospedaria nelas seria reinado. Tratadas como palácios: divirtase, disse minha mãe Aurora, entre os galhos, as saídas entre os ramos os enredos das folhas e os instalados dos altos, cada ramo levando a outros numa saída labiríntica, fora os acolhidos das folhas e frutas, que ficam, como colheitas, a enegrecer o alto como algo inatingível. Não pense, disse-me, que os outros pássaros não veem as árvores assim, pois veem sim. Só que, asa solapada!, Tu, como eu na forma de um urubu que veio ao mundo, vivenciarás as árvores como palácios porque tu voas mais lento mais cadente, tens imaginação maior, tuas asas são largas e teu peso é bem passageiro. Quando nós da tua forma nos apinhamos nas árvores ficamos nelas como quem se instala num templo. Tu não virás te arpoar como quem só voa. Tu virás como quem se esconde. Como quem se instala entre segredos. O palácio é cheio de entradas e escadarias, vale descobri-lo é um descobrir eternamente. Tu nunca te cansarás, mas também nunca chegarás lá no segredo das árvores, tão oco calado proibido debaixo das raízes.

Então assim foi assim que vim. Minha mãe Aurora me avisou com olhos escurecidos e fortes que o mundo que eu viveria seria um sempre meio-mundo. Para eu não acreditar nem em céu nem em terra porque ambos eram momentos da vista. Não te espantarás com a largura do céu nem a da liberdade que é maior que tudo, liberdade vertigem. Tu me prometes que comerás bem e não negarás o que vem advindo do ventre da terra. Tu vieste de um ovo, te comportas pois como um ovo, esquecido no mundo para poderes lembrar-te sempre do mundo. Te comportas como tua casta de voo é permitida dentro dos limites do céu. Vem, quando os homens não estiverem por perto ou quando estarão serenos. E te vai, para sempre para as árvores palácios teus, quando os homens estiverem tão perto ou quando não estão serenos. Deglute a carne cada quanto com quanto, aos poucos, e dá espaço a teus irmãos do céu. Olha ao redor com olhos escuros, sempre preparados para o levante tão logo uma mão varra ar, que pode ser má chegada. Precipício, meu filho, tu mãe te ensinará o que o céu tem sempre me ensinado. Te recolhes às noites para respirares seguro entre as árvores. Te recolhes pelas noites nos palácios para dar lugar para a manhã. Não é que esta árvore seja um palacete, mas é tua melhor morada. E come a miséria pois ela é tua moeda.

Assim sendo minha mãe partira entre as noites do meio-mundo criada de cuidados por nós. Nos engalfinhávamos, a desafiar o ninho, quase um irmão meu se esvai. Ainda não sabíamos voar. Toda a noite das noites fora de sonhos entre ovos e catedrais. Ouvíamos ratos pelos chãos lá embaixo, os homens com seus animais de metal, sentíamos o tempo mudar e o frio entre o labirinto das noites das ruas. Nesta cidade, ninho dos homens, cada rua continha uma diferente noite ou diferentes noites, ouvíamos gritos perdidos, ouvíamos em segredo estranhas asas secretas, ouvíamos o escuro das casas entranhas asas secretas, os pousos de não se sabe lá o que lá o quê, as cascatas das folhas caindo celestes como segredos lentos secretos, víamos malmente os esconderijos das árvores musicais com suas notas secretas folhas, um chiar e um certo mal lamento. A música dos homens desta nem sabíamos. Só sabíamos que a música deles corria sem nome pelas sarjetas ou atravessava as capas das catedrais.

Então nossa mãe Aurora aguiava, vinha com sua forma cada vez mais assumida de longe, tão náutica e possante que fazia-nos poder. Vinha chegando intrépida, cética de escuro, indomada, senhora das almas. Vinha, respirada pelos ares, respirando espaços, espirituosa, pavorosa. Mas era minha mãe Aurora. Minha mãe que chegava, Aurora chegava minha mãe.

Não havia nada no bico. Miséria. Mas pela manhã teríamos o santo secreto alimento confiado a nós com honras pelo universo.

Nos enrolávamos nos outros ovos ovos baliam pelos laços as folhas, picávamos o ar com nossos gritos de criança, refazendo-nos no ninho embolo.

Lá vinha, ave pássaros, minha Aurora mãe. Chegando aproximada. Cheia de ruínas da noite. Repleta de altos. Plena de idades do início da noite. Vinha se apaziguar entre nós. Lembro que nos acalentávamos sob seu colo. Ele adotava a posição de vida, a nos assombrar com seu manto escuro. Nos adorava nos adornava, sacrificada. Sentíamos-nos muito seguros naquele assomo assombro. A noite continuava a mar. As correntezas das horas nos levavam. E nos estacávamos presos à eternidade da mesma noite. Tínhamos medo do não-asa, uma aparição ingrata que nunca aparecia. Que descobri que não passava de um lagarto. Lembro de que nossa mãe Aurora sempre nos disse Aurora que asas são. E que a miséria é. E que o que não voava fora aparado. A terra era um meio-céu, sábia mãe, Aurora santa.

Terra santa ô terra santa ó voávamos agraciados por cima do gradeado das casas acompanhados pelas abas terrenas de vossa mãe. Aurora minha mãe ia sacrificada todo dia marcar onde a carne nos esperava, voávamos para lá como orações, emulados.

Meu primeiro voo fora sem número, impalpável e incontável: fora um número, um salto estripulia, um voo amamentado e protegido por minha mãe. Ela sabia pássaro como voar me confiou o pulo indignado pela vida. Simplesmente escapuli, abutre dos mundos, vagabundo dos bueiros. O que bem me lembro foi a altura: mais à minha frente havia o haver das construções e as vertigens, o haver me ameaçava, como coisas que não me salvariam só ficariam a reler minha queda pelas camadas das alturas. Minha mãe me disse: não temas voar, o seguro de voar é estar inseguro, que nada vem te amparar nem aparar nem parar, estas paragens tu tens que dominar sem dominar só assim te levitas e voarás de acordo com tua consciência e direção de mundo, ouves o relógio de tuas asas, elas clamam, doce filho, pobre criatura que eu amo.

Mas mãe Aurora, perguntei, rebolindo a cabeça, emulado, criado e afável, se nada me ampara senão o ar o que será de meu será? Eu sou um ser e posso perecer, a queda me aflige, tudo é tão alto, tão solto, tão mundial, tão lento, a vertigem me assombra, tudo é tão deus e tão nada que me apavora esse doce e lento espanto, mãe que farei?

Segue em prosa teu lento plano tua vertigem algoz. Disse mãe Aurora, santa.

Tu tudo deves não dominar. Quando nada dominares em teus ares terás ares próprios, domínios próprios, voarás em teu torno de ti, brincarás com teus próximos ao bem-vir do vento, te regozijarás jájá em teus eólios e te pentearás nas termas, não teimas o segredo do meio-mundo te se revelarás filho doce, criatura pobre que eu amo. Aflige a altura, Precipício, somente não a dominando e não tendo altura é que tu voará em teus domínios.

Mas mãe, disse, quase escapulindo, enquanto a ponta de uma igreja me apontava, amamentante. Que estranho domínio o dos céus! Sendo ser posso perecer padecer. Puro medo, o que me consome, que dirás duma má queda num dia escuro? O fim? Qual a palavra que me encoraja vinda dos teus bicos gloriosos?

Que tu não és ser. Que tu estás no meio-mundo. És possibilidade. Glória possível. Demonstração dos ecos. O céu é um mar para tu velejares. As pontas de prédios, portos seguros das mãos dos homens. Com o tempo tu verás que as passagens entre as construções são túneis, que os arcos são elos entre duas pontes, que o voo vertiginoso de um prédio para uma catedral é um descer de montanha, que o voo de uma casa para um prédio é uma colina, que as janelas, telhados, picos de árvores e estátuas são longes e distantes paragens, tudo isso aqui é um longo campo, um sertão sombrio que passageirás dia após dia

Em busca do teu alimento arraigarás as planícies e planaltos à procura de vãos e espaços em vão estas terras secas te irão exaurir no diário de tua vida e tu conhecerás como ninguém me escuta como ninguém nunca povoou estas áridas ninguém nunca povoou estas amplidões imensidões

Escuta-me, Precipício Elo, que o nome que deves ouvir como palavra provinda das sombras dos céus não é ser, pois não És ser. Quando tuas asas se abaterem sobre a vertigem te esquecerás de tudo e nesse mal tempo de tua respiração ganharás as alturas e baixas da graça suprema, serás um será; será, é o que tu És filho pobre criatura doce.

E estas paragens, mãe, onde em cujas estalações devo me apor em cujos favores devo eu ascender ou descender, quais estalagens ao longo destes sertões de que falas devo eu confiar, como pode terra tão desconhecida e não minha ser-me terra minha, devo eu confiar nas sombras dos telhados em quais telhados devo eu garantir um retiro da chuva e nas áridas de que falas como posso conhecer alimento como posso me apor pousar diante da iminência do homem, nosso desconhecido? Ai estas planícies e planaltos e alturas como posso nelas me morar me mirar medir o apor do pouso lento apaziguado em retiro do sol que arde que nem vela na pele?

Trata de tudo com frouxidão, criatura filho meu, teus pousos deverão ser que nem toques nos telhados, pousa com aproximação, plana, emerge, sobre o natural, e cada estalagem se te abrirá revelará as portas revelará revelará, então te apõe te apousa revelado com as asas amplas nuas como quem chega do céu para brevidade, como quem chega do céu para o meio-pouso ao longo do meio-dia, pousa ao longo do telhado, te chegando como quem apeia vem te chegando como quem apura o risco, como quem vem conversando com a sombra, aprende com o tempo a te apor pousar revelado. Os favores, com que cada estalagem te prover, serão. Cada favor, como uma mão aberta a te receber, estará nos estares das catedrais em cada ponta em cada espada em cada telha em cada apeio. Para cada pouso apeio Há uma mão mãe. Que te proverá dos longos trajetos. Trata de tudo com calma, com frouxidão. Não esquece que para teres segurança do voo deves estar sem nenhum segurança, não estás seguro por nenhum telhado, só assim aprenderás o significado de voar. A palavra que queres ouvir ouve agora, a palavra do voo: será?

Esta dúvida insegura é tua máxima segurança. Para se voar não pode Haver terra segura. Só então os céus se te tornarão terras apropriadas, sertões onde tu atravessarás com conhecer, até que tudo se te torne um bailar entre os vários olhos das janelas dos prédios e cada altura será um degrau vertiginoso dos teus altares, quando tu te assombrares com a descompressão da queda que sempre experimentarás será a sensação de mundo que sentirás os calafrios serão sentimentos. Sempre estarás descobrindo novas paragens, estarás para sempre perdido nestes sertões sem ter lugar teu sempre cada sombra será teu porfim. Ouvirás o vento aos cavalos fugindo gigante dele mesmo. Verás os precipícios de ar lá embaixo. As escadarias de janelas sobre janelas. Verás de longe as veredas as colinas os caminhos perdidos pelo ar entre as construções, estes seus serão teus campos, e onde tu parares será uma paragem. Por onde tu passares será passageirado. Não temas os receios. Agora, meu filhocriatura, sem vertigem não há a queda nem o que se cria com a queda, o voo. Agora o voo. Será?

Mãe Aurora Elo será? Esta a palavra me aguça. Ela é o sentimento de voar. A dúvida, de estar inseguro é a palavra Será? Que me lança para a vertigem. Agora parece que vou, mãe.

E não me esqueço nunca de quando, escapulindo com espanto, decaí em desgraça no ar. Senti o apupo das asas, o apuro. Suprimi meus sentidos. A vertigem me tomou de assalto, o sobressalto foi mundial. Decaí em desgraça e logo, na dúvida do meio-céu, decaí na graça das alturas do mundo. Graça esplêndida a de eu estar chegando ao chão de queda. O abismo me era comprimido. A compressão me revelou-me a mim meu será. E não senti mais apuros. Ascendi ao pé do chão e me elevei fazendo curva sobre a ponta de um palácio, vi o mar de casas e altas construções à minha frente, a campina que se abria a mim como um longo campo de lugares, árido. Diante do sol parado, ofuscante. Pálido e sem apoio no céu

Os degraus dos metros e das pequenas alturas me equilibrou me pondo nos costumes do voo. Na forma do voo. Antevi as tais paragens, as tais subidas, os ranchos entre os edifícios, as sombras mal-vindas e as sombras bem-vindas. Os outros urubus ficavam isolados em ilhas nos parapeitos, receosos. Ficavam, vilãos, suspeitosos uns dos outros. E qualquer picada, qualquer bicada, qualquer resmungo de bico espantava uns dos outros, soprados pela discórdia. Dispersavam-se para outras ilhas. Vinham iam com asas palacianas.

Ao meio-dia, buscávamos paragens, indo se aparar nas sombras de certos telhados, improvisados. Ficávamos de previsão, escuros nas nossas revelações. Quando ali muito nos acostumávamos, ali ficávamos de hábito como se fossem acomodações, eternos. Viajávamos de ilhas para ilhas como quem ara o ar. Vínhamos moles pelo ar como quem cerra os campos, ceifando o ar arado.

Voejávamos, Arantes, pelos prados do céu. Libertos, mas sempre sob o signo do sol, que teimava em nos estorricar,

Veloso. Como ficávamos meio de dia diários escuros nas telhas, a estatuar a respeito de nada, somente incitados por um leve pouso aqui e ali, ficávamos feito velórios, aconchegados sob o mapa do sol, ardidos mas serenos. Tão serenos, repletos em bandos, que folhas e papéis insistiam em nos tocar para aplumarmos para outras planícies. Como, apesar das colunas e dos parapeitos e fachadas, tudo era em plano alto, o nível do ar para nós era só um, o de planície, pois. Ia eu com dois de minha forma ir apor-me junto a um monumento ou taça de fachada. Ficávamos lá como copos, copas, coposos, encopados, penados, feito aparições sob o calor caloso.

O calor transtornava as palavras, que ficavam dúbias, ficavam assemelhadas de dois em dois a diferentes intervalos. O calor calava os céus corriam vários com vento vil assediávamos as telhas com nossas sombras som e cada diária nas casas o almoço intemível dos homens era arrumado com zelo viajávamos víamos o amparo das casas era escuro o diante das coisas era um relógio dos dias as sombras somavam os velejares cegos o sol fazia cera. Era tudo a fome faminta que doava seu estomago para nós filhos providos éramos a fome de mundo.

E ficávamos a parir chocar as horas nos muros. Era celeste nosso apor diário em cada paragem. Quando o sol atingia o acupe do céu e a aridez vinha nos assombrar com suas correntezas sóbrias com seus fachos opacos nós íamos nos apor santificadamente nos pontos nas veredas dos altos. Os caminhos eram longos, secos, sagrados. Cada vereda apelava com um parecer. Pois cada sombra de casa, cada cancela nos acenava com as desilusões e ilusões dos caminhos. Cada curva variava ilusões. Nunca o escuro da claridade se nos revelava de início. Nunca nunca o escuro das sombras e das beiras de telhados e calhas se nos revelava com clareza, pois sua claridade era de uma solitude espantosa e esquisita. As casas se aproximavam dos voos longínquos com semelhança. Mas no achegar elas se tornavam sinistras, estranhas, raras. Debaixo da queima do céu as veredas eram como adivinhações que guardavam idas e vindas. O aviajar dos pássaros. A aridez era rompida em silêncio pelos abanos das asas. Lá embaixo, nos vales, os homens nem desconfiavam dos sertões de mundo que se arroubavam em infinitas ocupações, acopações. Os pássaros mais desdenhosos se empinavam. Solitários e estufados nas torres mais altas. As paragens pareciam histórias nas curvas que eram a pura forma das narrações, cada trecho era a curva da palavra, tão sagrada e muda, tão mundial, ampla, repleta. Cada lugar de apor, cada lugar de pouso, um raro sagrado que dizia alto e guardava o rosto escurecido e a piedade de cada asa. O diário deserto dos urubus espantava o chão com suas almas sombras. O credo que o susto sóbrio alimentava espanto eram criações de formas e passageirações pelo chão cheio, pleno de diariações. A vida Via das asas. Soltas, escuras, fronteiras. As asas fronteiras eram caminhos sombras. Cancelas mágicas. Dias de escuridão clara.

Lembro de quando de tempos em tempos as horas corriam por nós. Sumíamos para poder pousar no mundo. Num altar visitado por vários de nós. Não fazíamos mais nada a não ser esperar o esperar nestes pontos do dia, na cruz de uma igreja. Ou nos parapeitos impalpáveis, ou nas escadarias. Ou nas espadas dos palácios.

A sensação que minha mãe Aurora me ensinou foi de um voo mundial e natal. Quando me saltava, frouxo, raspando como seda os meandros do céu entre os prédios entre toda sorte de construções, sentia me indo com o tempo. O tempo era o vento que passeava com nós a meio-fio das coisas. O tempo vento nos esvaziava. Voávamos esvaziados, sinistros, repletos de nada. Eternamente natais. Como se nascêssemos re-sempre. Não havia ira do céu. Mas sim uma convicção digna de que a semente do mundo era nós, veredeiros, viajantes, caminhantes, voajantes, a descobrir o caminho re-sempre o conhecendo. Voajávamos escurecidos por nossa capas, nossos rostos não apareciam. Voávamos desaparecidos. Molhando o chão de sombra. Voávamos desertos e certos de caminho nenhum. Estávamos hidratados pela seca. Guiados pelas veredas.

Ficávamos com a esperança do vento a esperar pelo esperar repletos muitos, observando, sós cada um, a nossa natalidade de pontos para pontos. Ficava eu com meus tais apinhados em alguma cúpula a observar outros urubus, verdadeiros ovos vivos, ingênuos, que ficavam nos assemelhando, meiando, olhando meio meio de lado a lado, nossas sombras ficavam irritadas, espichadas nos muros, quase a se soltar, terríveis, como palavras de remorso. Parecia que só o céu as aceitava. Tão terras. Tão distantes. Que andar com voo era como estar perto à distância. Voávamos com coração. Debaixo da devoção. Planávamos com vocação.

Pousávamos bem em cima do dia, conquantos, contidos, ignorados pela claridade. Pousávamos no meio-dia, que era como uma grande asa oceânica, sombra mundo, que parava todomundo para parar para o tempo vento da espera. Os homens paravam para comer o sagrado, nós descansávamos das brisas. Os homens paravam para comer, entalados, e a escutar nossos repentes nas telhas, ouviam-nos como quem escuta uma mão coçando, azarenta, as parelhas das telhas. Quando deslocávamos, impróprios, uma delas, isto sobressaltava o homem que comia batendo os talheres como uma pequena treva e remexia o enlameado do prato, o feijão enlameante. Este homem se detinha. Parava. Horrorizado. Para olharmirar o teto, como quem alguém que tem uma dúvida, nutre uma dúvida pelos céus. Sinistros. Nós voamos então num bando somente para outros portos meio-dias. Passageirávamos, presságios, astutos, encolhidos. Sombras atrevidas que se ecoam na malha do chão solo solo solo. Este o homem se estacava retinha, todo ouvidos, a nos escutar tentando nos lembrar. De que mundo vinham estas sementes escuras? Como cutucam as telhas. Facínoras das horas. Matando o tempo humano. Esperando com o vento do tempo.

Como quem pragueja uma sorte. Este homem humano torce o rosto a desviar de sua nutrição e olha como quem olha pro céu um olhar de céu ao redor e maltrata aquela sombra Provindadvinda com uma ou duas palavras e diz, asneiro: o céu! Deve ser o céu! E a garra que se desgarra da gama do telhado, deslocando uma telha, deixa a mancha do céu na terra da terra no céu, decai em voo, decolávamos com uma leve sombra de sensação de sermos sobrenaturais, sobrepostos uns aos outros, santos escuros, diários. Nossa sombra passava, sagrada, correnteza acorrentada pelo chão solo solo solo. E este homem permanecia, segredo, a escutar a dúvida. A escutar o roçar coçar garrear do céu em seus telhados, em seus astutos telhados. O comum de nós voava abreviado para outro chão. A matriz das casas se anunciava, cheias de suor e dia.

Os doces dias por vir nos acenavam com esperança, esperança temperada com os comentários breves do vento.

Nossos espaços terrenos eram ternos como a temperança dos tempos. As noites que residiam nestas casas ficavam mortas, eternamente adiadas nas horas. O próprio pouso dentro das casas era diariamente eternamente adiado em nome do segredo. A disputa dos ventos os humores serenos do dia do meio dia era a sorte. Nossos voos de conchavo eram a sorte. O mundo nestas horas era somente nadamente mais que o lençol do suor dos dias a dias. A escada sagrada de um dia para o outro eram os telhados cheios de aparições e desaparições.

Estes telhados eram visitados assediados habitados habituados por toda sorte. Por toda sorte de encalhos pássaros urubus gaivotas guarás estranhos animais do mundo que se segredavam vários terrenos montados em palavras mortas da vida viva de cada sombra de meio-dia. Voam revoam revoam voam aos solavancos solapões enquadram-se nos moldes das telhas como céus vis. Toda sorte de animal do mundo ali habitam existem e só o que se ouve no escutar são suas garras coçadas amansas penúrias seus esculachos mordiam uns aos outros mesmo quietos por piedade de si mesmos. Ai, os dias que moravam nestas telhas nunca se revelavam, pois descansavam nas sombras, cheios de corda, amarrados pelo vento.

Os homens que dormiam ali nas noites tinham sonhos nutridos por sombras. Os urubus que apeavam ali nas parelhas se remexiam, contidos pelo escurecer. O escurecimento alimentava cada vez mais a dúvida das coisas. Os homens tinham sonhos de presságio. Acordavam suados, suaves. Miravam as telhas. Algo como sempre sempre sempre dali se ia, voando para outras fugas do mundo negro das noites. Muitas coisas se criavam e se cresciam na noite além do cabelo e das unhas dos humanos. Eram filhos provindos das profundas noites esquecidas. Nós nos acopávamos no tumulto do escuro, tumulto que ainda tinha dia nas telhas. Lembro que nos coçávamos. Lembro que nos atritávamos, e devolvíamos golpes de bico até que um de nós, em sua forma noturna, fugia em retiro indo se desaventurar aventuradamente em outro esconderijo de mundo cheio dos suores sustos do diário. As diariações constantes inconstantes não paravam. Os urubus nós mudávamos de porto a cada momento, momentávamos, a esperar pela esperança de novos dias dentro do velho e sempre dia, e íamos ter com o escuro em outras pompas das casas. Indo acordar suar outro homem denegrido pelo segredo dos pesadelos. Lembro-me bem muito que nossos pousos nas telhas e calhas eram como pesadelos para o silêncio dos homens.

Um dia uma trágica coisa nos ocorreu quando Vilão, um de nossos da nossa forma, voava alto, mundial como sempre, planava o céu como um navegador constante. Engatou-se nas linhas de um papagaio. Mapeava a terra. Por carne estranha. Mas o engate foi decerto: Vilão decaiu. Veio borboleteando, letrando o ar com firulas. Vinha Caindo. E caiu numa calçada, dia morto. Vilão, um de nós, caiu, dia morto. Não ouve ira. Somente espantosa anunciação. Estatelado, como denúncia do céu, das penínsulas celestes do céu. Um quedado das altas Províncias. O sangue grosso corria de seu pescoço engatado nas linhas cordas. Morto, Vilão não sabia o que dizer do céu. Não sabia como explicar-se, dia morto. Foi a primeira e rara vez que os homens, nanicos sagrados, viram a morte de um dia. Ver, pois, um dia morrer, grosseiramente sangrado, era uma fúria visão. Um pesar de sentimento. Um susto mundial, com teor natal. Um ralamundo vilão caíra, alguns homens gritaram. Gritaram que ele se engatara no papagaio. Que era provindo do alto céu. Que era natal dos céus.

Gritaram que ele sangrava e que ali havia sangre celeste. Crias crianças arrodearam Vilão, olhavam arrodeadas, falavam arrodeadas, colocavam as mãos arrodeadas nas cinturas, enfiavam arrodeadas as unhas nas bocas, se assustavam, espantosas, se assustavam se assustavam arrodeadas, falavam, narravam, assemelhavam arrodeadamente sobre os rodeios do tal urubu, rodopios principais dele no ar até a queda da roda do mundo. O espelho, a janela da visão de Vilão o dia morto era espantosa, arrodeada, as pessoas falavam em quadrados, falavam através de enquadros humanos, diziam através de quadros, tentavam pôr quadro na narrativa da morte do dia morto diante do dia deles as diariações tumultuavam os homens nanicos sagrados. Eles falavam como se Vilão o dia morto fosse uma nutrição, como se ele fosse ser comido por eles, como se Vilão o dia morto fosse um sabor saboroso. Falavam com rodeios nas bocas, com candeias nos olhos, com emancipação nas palavras, com luzes na imaginação, com trevas nos medos. Articulavam com caridade, com pétrea piedade. Juravam com os próprios olhos. Falavam com as próprias bocas. Descreviam as propriedades da realidade, falavam, gesticulavam com letrações, gesticulavam com pétrea saborozação. Falavam do mundo em queda. A asneira os dourava, cheios de ouros pelas pequenas coisas causas. Falavam da morte de Vilão com saber, cheios de arredondamento e significância.

O sangre grosso de Vilão corria como um dia morto pela calçada, era um sangue cor de vermelho-rosa, vermelho-ventre, vermelho-grito. A morte de Vilão era um grito.

Os homens rodearam, corruelos e corruptelos, o morto urubu dia morto. As pontas das asas bem pareciam ai ai pontas de dedos palavras falantes dedos minuciosos que diziam um acima do outro, diziam com sabedoria e herança, diziam com hierarquia os sabores mais saberes do céu celeste escuro iluminado. Sabe como quando uma pessoa diz usando os dedos da mão como quem descreve hierarquias? Sabe sabe? Sabe como quando uma pessoa usa um dedo sobre o outro como uma hierarquia para descrever hierarquias, como quem fala sobrando os dedos, com minúcia para falar da maior verdade, sabe sabe? Então era isso que as pontas das asas de Vilão diziam minuciosamente, falando das falas do céu, sobrando. Pareciam que diziam espumas, pequenas criancices, mundanices, sabedorias máximas contidas sob os gestos serenos. Ai ai quando vi, eu Precipício as pontas das asas de Vilão me incitei assustei-me a mim com tamanha minúcia contada pelas pontas das penas, como se aquelas amplas pontas de asa fossem sobrações, dizeres a mais, pequenas sobras de palavras, adormecidas, mas sendo assim as palavras mais pais mais paternas dos Provindos, uma palavra pai que dizia com cuidado e alegria contida das hierarquias das sombras escuras iluminadas. Ai as pontas de asas dele diziam do voar do vento, eram o rosto do céu, o verbo calado do firmamento, que falava com tantos que sobrava para o coração dos curiosos.

E ai o coração dos curiosos zombava admirado das palavras o azar de Vilão queda caída. Já viram uma queda cair, já viram? Olhem todos vocês, já viram uma queda cair, uma queda decair, um erro se repetir, uma morte morrer, um dia se diariar ou uma noite anoitecer? Pois isto era a essência mundana do significado das minúcias de Vilão, anjo provindo escuro queda caída. Vilão tinha os olhos plúmbeos, cinzas, zincos. Opacos como seu calar, Tinha o verbete no bico levemente entrementes fechado com a língua fazendo aparição covil e cansada de respirar cansada de proveitar das servidões da carniça. Seus olhos, cavas cavernas cheias de engelhar, carnes duras e marcadas de estômago, nada diziam a não ser a falta das palavras, a não ser a índole da terra. Nada diziam a não ser a palavra. Quieto, ele não sabia explicar a sua morte, como pôde ó o dia morrer, como um nada papagaio pode matar o dia, como pode, heim? As peles largadas e contorcidas ao longo do pescocil eram encarquilhadas grudadas e cheias de natureza cheias de proezas de estômago. As garras, os tarsos eram petardos, abertas com perplexidade e honra, cansadas de apanhar apunhadamente o ar silencioso. Pareciam rezas, levezas, puritanas. Pareciam com coisas aparecidas de longe. As asas eram venerações. As garras ingenuidades. O pescoço o diário do mundo. Enquanto que o baú da barriga uma acomodação uma aceitação frouxa e apertada das condições primárias das sementes do mundo. Quando vivo, Vilão seu bico parecia sementear quando virava ou quando apunhalava a carne vasta pobre e saborosa.

Comia, quando vivovivo, aos punhados, saltando leves tiras da carne, que se abria em seus recheios sem receio, só com um pouco de descompostura e vergonha. Desavergonhado, Vilão depunha as intrigas da carne, as intrigas tripas, enroladas amorosamente num nó indeciso. Salpicava pequenas partes com ardor e pusil, franqueava entre os outros abutres urubutres as frontes macias, as encostas mais imbecis das podruras.

O azeite podre corria entre as vezes da carniça, os pruridos eram fecais, e os dias estavam escondidos entre as rendas das tripas, deglutiam pequenas larvas de tripa, que caindo escapuliam como fugas goela abaixo.

Agora, porém, diziam os curiosos homens olhem o dia caído. Aquele que vive agarra nos telhados enquanto almoçamos a nutrição. Diziam os homens com crença que aquilo era um dia raro no diário deles que o diário dos urubus passeava por entre as casas horas. Que as penas eram pretas, que o bico era gasto, que o sangue era cor de convicção. E que viram quando aquele filho das heranças do céu veio vindo abalado, mas com rodar do alto como uma palavra violada. A amolação dos homens em torno daquela morte ferida queda derrubada era sim uma testemunhação espanto por que tudo que do céu cai surta espanto e que todo urubu tinha sangue grosso cor de sangra tez de moela. Admirando estava entre eles, olhava mirado o quadro das asas.

O certo é que o dia morto era sagrado e sua queda na calçada era a revelação do sangue celeste, ele trazia a índole dos telhados e a sombra que se coça entre as telhas, a diariação dos voos corriqueiros trazia e levava escuros principalmente no tempo eterno do meio-dia que era o vento. Alguns homens que olhavam Vilão caído diziam que toda vez que um dia caísse do céu era sinal de que a eternidade revelava o vento. As pessoas falavam não só arredondadamente disso também falavam com ciclos, cada qual dando rotação à narração, rotação trágica, pois a queda derrubada dele queda caída era o ciclo trágico do céu: ouve houve criança que gritou, escura, sobre aquela denúncia do céu: o Trágico caiu! O Trágico está quedado diante de nós, olhem, pai e mãe, o céu caiu, olha! As asas dele mal podem! Olha, as pontas das asas se parecem com folhas de palavras! Olhem, as pontas das asas, das penas se parecem com dedos! Que dedos tão calmos, nem parecem mortos! Olhem, o céu caiu, ah ah ah! O sangue corre grosso como nossas vidas, esse sangue não é humano, é de outro mundo, o céu!a pele do peito é torta, olha! Vai chuuver, olha a nuvem preta que vem dali, é que o céu vai fechar o nosso dia, em luto o céu vai chover, quem manda a gente rir se riri, ah ah ah! Ai, ta escurecendo, ta anoitecendo de repente, o céu quer esconder seu filho morto, que vergonha pro céu! Ah ah ah! Graça! A ah ah! Ah ah ah! Olha nuvem ah ah ah!

Xiii, menino! Cala essa boca, criatura desreipeitosa, desrespeitosa do céu, desconsiderada das coisas sagradas, para de se rir peste! Tu foste um milagre que nasceu sobre a terra, devias ter honra e respeito pelo céu! E não zombar do jeito que tu fazes! Quando um dia tudo escurecer, quando uma tempestade fechar o tempo pra sempre tu serás o primeiro, humano pobre sem vergonha, menino desavergonhado, não faz façanha dos outros, não faz façanha da desaventura dos outros, nem do urubu céu! Corre pra casa, que o vento vai fechar o tempo, decorre, decorre, desgraçadozinho!

Gritou, esbravejada, a mãe dele que se ria torta. Ele se calou, e se foi, mas no meio do caminho pro pequeno pedaço de céu que era a morada deles se virou e gritou: eu fui feito à semelhança desse urubu, que só me quer bem, na tempestade ele voa sobre nós, avisando-nos do escurecer, esta ave ingrata com os céus, eu posso denunciar a queda do céu! Porque sou tão cíclico quanto este aí caído, sou infância como ele, porque minha palavra somente revela, eu não digo tudo de forma barulhenta, eu falo com os dedos, viu!?

Vai-te, homenzinho desprezível! Xiii, quieto! Não falas tão alto que o céu caiu! Isso é vergonhoso, põe a mão na boca e somente testemunhas a queda, mas não falas assim tão alto, criaturinha! Pensas por acaso que és maior que o céu! Não te rias sobre o urubu morto, vermezinho do mundo! Acaso conheces o que seja o escuro? Só fazes te assustar, fazer alarde! Nada mais conheces! Cala-te, infância, te recolhe que teu pai anda furioso contigo! Corre que um trovão te espera em casa!

Vociferou a mãe!

Olha ele... o céu...!

Vai-te, peste!

E nada mais disse, o infante, seguiu, num acuda-me, ligeiro, para a morada. O pai santo pai o seguia com um raio no olho, imenso, torto, raivoso, cheio de relâmpagos! O pai o perseguia com o olho, olhava-o com um só olho! Gigante! Aquele pequeno mirim, anãozinho que se entrava para a casa da família dos céus! O pai, um Hércules, o seguia com o ódio e a discórdia, raivoso! Luzes faiscavam de seus olhos e o semblante tinha todos os mandamentos! Peste!

E ele foi-se, que ainda ai era tempo!

O urubu, cujo sangue grosso parecia carne mole, cor de coração, jazia sem tempo, clareado pelo céu, levemente escurecido pelas sombras dos nimbos que de um lado do firmamento varriam o céu em seus bailes sombrios, mas sumiam, quando o sol se erguia mais alto, isto se deu pelo meio da tarde, uma tarde onde crianças batiam bola e os pais dormiam a sesta do almoço, tudo aconteceu quando ninguém estava no tempo.

Nós, urubus, filhos do mundo e do meio-céu, voávamos, planávamos bem alto ao redor do dia caído, como se em reverência, cíclicos, mas logo depois batíamos em retirada para outras ilhas de nuvens e vento. Alguns voavam distraídos, para manter a inocência e a paz, voavam com cuidado entre os papagaios, mas ainda crianças, voavam sem-vergonha e avergonhados, pelos cantos do céu, a não saber o que dizer.

Vilão ficara para sempre em nossas memórias, virara uma lenda ali entre nós, e muitos tempos e ventos dia após dia ficara ele memorável, no diário de nossos dias de vidas escuras ele virara um deus para nós, conhecido como o único urubu que se enrolara tragicamente em uma ímpia linha de papagaio se engatara numa delas muitas e, ímpio, caíra do céu, não sem antes vir em espiral, como quem fora derrocado por um artefato de crianças: suas penas as das pontas nos diziam Não Duvide da Palavra, e nunca mais duvidamos do escuro do céu e nem nunca mais duvidamos das sobras que as pontas das penas das asas deixavam a entender, Santo Vilão maldito caído ficara memória para nós, através de todos os dias e de todas nossas vidas comunicamos o evento trágico a todos pouco a pouco de cochicho em cochicho nos altares dos muros por apupos e bicadas pelos estranhos furos que entendíamos por ouvidos, todos os de nossa forma mundial se comunicavam por ouvidos, éramos ouvidos, em todos os cantos e paragens éramos boatos ouvidos conversas de sertão conversas áridas para comunicar pelos caminhos.

Que a criança pestilenta que bochichou a desrespeito de Vilão dia morto tinha certeza natal era quando ela doçura bestial agritou que era como ele o urubu, que dizia com os dedos, sem palavras, e que ele o ururbu lhe queria bem igual. Pois assim víamos o mundo. E assim voávamos distraídos, nas termas, mas com um olho nas linhas. Juro que até o fim de nossas vidas jamais de novo testemunhamos tal mesmo engate, jamais de novo víramos tal sorte, um trágico quedado por burrice, e a imagem santa de Santo Vilão ficara em nossos olhos cinza como uma imagem derramada na calçada, sombria, quase a sumir, turva, quase a escurecer, como uma imagem da noite, mal pintada na costa da calçada, um traço das sombras, mal amada, espichada borrada como o risco rápido de uma mancha, Santo Vilão se tornara santo, para sempre ecoado em nossas memórias dias. Para sempre esquecido pelo céu. Para sempre abandonado em nossas memórias eternas.

Nos diários que se seguiram ao evento supraterreno e trágico, levávamos nossos dias e noites de leve, em leves voos, planando ao meio-dia, meiados, de lado, de soooobreaviso as linhas ó olhai, fazendo planos sobre as casas as paragens pedindo passageirar entre as cancelas, tentávamos não ser tão desavisados, tão impróprios, nossas navegações eram provindas, isto é, da copa do alto céu, mas mesmo assim vínhamos enviados para avisar de lado aqueles que passeavam em planos bem altos, desligados dos elos mais terrenos.

Pelos meio-dias parávamos nas telhas como sempre eternamente para descansarmos e ali ficávamos de sobre aviso, a um só, dois ou três, vez por outra um de nós deslocávamos uma das telhas e sobressaltávamos um dos homens no almoço que se virava e nos fitava isto é, mirava a telha como quem nos olha e se perguntava que sombra estaria ali escondida. Nossos diários nos próximos dias eram lentos, ficávamos a flanar, comensurados, medidos, entre as casas, a fins de somente poder voar e nos distrair, voávamos destinados. Com centros muito bem limitados, a nos distrair da tragédia com Vilão dia morto, agora para sempre Santo Vilão.

As sombras de nós umas por sobre as outras nos confundiam como sonhos, as escalas das telhas, tão solitárias e campestres e bucólicas, faziam mais confusão ainda, vivíamos num estado de confusão e delírio que beirava o sonho, éramos tantos, cheirávamos à casca de ovo, nos apinhávamos, em missas, nos altos telhados, não conseguíamos ficar em paz, vez por outra cutucávamos uns aos outros e o jeito natal era aviarmos para outras alçadas a fins de por fim à discórdia, mas por muitos dias e dias nos acostumávamos quietos entre nós ou entre os degraus entre as telhas, que eram esconderijos para nós, ou descansos da aridez serena do sol que batia em nossas penas com supraclaridão, vou confessar ficávamos cegos ofuscados por tão eterna luz. O descanso dos homens nas casas e casarios e casarões nos serenava, e nossos extravios pelas telhas também os serenava, eles desconfiavam de nossas sombras à espreita e nós desconfiávamos das sombras deles à nossa espreita eterna, todos olhos e ouvidos, como nós, como quem observa o escuro entre o dia e a noite.

Mas nos extraviávamos muito facilmente, nos sumíamos do bando, e íamos aviar sobre casas distantes, depois da curva de longas veredas, longos ranchos, sertões. Às vezes ficávamos só de um, apoiados nas calas das calhas, pensando as garras, olhando de lado apoiando o céu com nossos Aguiares, cutucávamos nossas asas, parávamos no tempo, o vento, fino e delgado, quase sumia, nesse tempo dos telhados do meio dia onde as coisas paravam. Mas tudo que víamos era o ofusco total do sol, tudo era branco e claro, e ao mesmo tempo o jogo lúcido das sombras umas sobre as outras nos confundia como sonho, nunca tínhamos paradeiro certo, nunca havia paragem certa e segura, parecia que todas as sombras cada sombra guardava um secreto dia, que guardava mantinha um secreto quarto de hora para cada um de nós, cada telha já fora habituada por outros urubus, tinha seus odores, o ser do cheiro, que também cada sombra guardava um desaviso também.

Mas nos sentíamos desertamente felizes e contentes por estarmos longe das mãos dos homens, quando numa telha alta. Olhávamos atônitos quando um humano gritava lá de baixo, quando vinha gritado lá debaixo, talvez a denunciar o telhado. Em seguida nos repartíamos em voos cortantes e sinistros, como se tivéssemos culpa por habitar a sorte da sombra. O descanso dos homens, principalmente dos comerciantes, após a nutrição do meio-dia, era sereno de sombras. Mas era suado, cansado, suavam deveras nas camas, com as sombras das telhas. Seus sonhos eram sempre sonhos com o diário do meio-dia, um sonho de um quarto de hora, sentiam doces presságios, como se seus negócios fossem afundar, sonhavam com as moedas, sonhavam cobertos de sombras, sonhavam com caixas, com águas passageiras até que se remexiam com o remexer de uma garra nos altos até que, suados suados, se levantavam, fracos, a ir ver quem arredara uma das telhas que lhes fazia sombras. Nada mais havia. Só a telha desarrumada, eterna, as sombras umas sobre as outras. E somente uma sombra rasteira que passava ao pé do batente da rua, que pertencia a um pássaro presságio, cuja pertença era de um urubu escapado para outras cercanias mais ao longe dali, em outras estalagens.

Um de nós, Aviando, era um eterno passageirante, como sempre de dias em dias à busca de busca, parecia ter perdido o sentido do alimento, voava esperançoso por um telhado, um confim onde pudesse serenar sobre sua esperança. Ele buscava um lugarejo alto entre os céus de cada construção, vivia pulando de telha em telha até que de tanto se perder e não se encontrar entre tais vilarejos sombrios e claros, entendeu que tudo ali era campina, gramado, que não era casa bem assim, que devia procurar em veredas mais sertânicas, mais áridas, onde a mais máxima solidão lhe daria, após passar pelas cancelas mais secretas, enfim um confim onde pudesse porfim serenar debaixo de sombras e antever o campo logo ali embaixo, uma vereda onde pudesse conversar com seu próprio bico, debaixo da sombra de uma casa campestre. Mas na aridez, tão clara e ofuscante, era difícil, senão impróprio, voar esperando encontrar arrimo entre aquelas aparentes casas e paragens, só havia que tais paragens eram estalagens impróprias para a estada, tão solitárias ou más solitárias que não davam para o viajante se sentir finalmente aconchegado da voajem. Ficara sempre de passagem por tais paragens, tão pouco hospitaleiras ou pouco eternas, o mais dos caminhos meras paragens para onde uma noite era passagem para no dia seguinte seguir rumo ao seu rumo.

Aviando, pois, levantava voo ao meio-dia, voava velado de alturas para alturas, a vastidão dos prédios e as janelas, os precipícios que eram enveredações pelas vertigens, eram campos áridos por entre os quais o alimento sagrado era raro e somente encontrado no abandono nas escadarias dos rios. Ele, pois, ia-se levando, alçando, alçando, plumando, de encontro ao sol, para em seguida baixar precipitadamente indo indo se testemunhar em outras cúpulas. Os dias passavam, e os voos pareciam ser em torno desses dias.

Os urubus nós ficávamos em povoados, grandes povoados em algumas estalagens os prédios ficavam povoados no alto por nossas silhuetas, como desprovidos, serenos de miséria, parlamentávamos sobre os inícios lá de embaixo, e qualquer indício, fosse de carne, fosse de homem perto, nos propunha em polvorosa, cada qual a bem voava para outros elos, admirado pelo espanto da remissão.

Sucumbíamos fácil às presas esquecidas dos peixes ou aos outros mortos animais do mundo sucumbíamos fácil a qualquer apavoro viesse de gasturas de vento, de chuva ou de outros elementos, enquanto alguns de nós ficavam de embuste, espiando as parábolas lá embaixo, os finos negócios humanos, éramos iguais todos iguais nós urubus um muito igual ao outro. Quando da nossa comunhão nos altos dos casarios era difícil reconhecer em nós um dessemelhante, voávamos em cordões, em ordem, em ordens, ficávamos em ordem nos muros, secretos, compenetrados nos estômagos, e batíamos em revoada a intervalos iguais. Os povoados se trocavam, cada povo de urubus se misturava, não sabíamos quem era quem, mas isso na missão conjunta, pois reconhecíamos as faces e jeitos escuros de cada um. Aviando andava entre estes povos, que de tanto como povos se empenhavam que faziam povoações, verdadeiras parlamentações exageradas, com bicadas, hospedarias fortuitas, brigas fortunas, nutrição em bandos, miséria velada nas espadas dos castelos e até disputas por largas tripas como quem alguém que almeja cordões de ouro raro raro.

Enquanto os homens viviam às claras com o sol em seus escuros negócios nós outros fazíamos povoado ficávamos de povoado nas cúpulas, às raras vezes um ou outro ficava mais perdido, não se sabe por quê, mas ficava disperso, extra enviado para alguma telha ou cimo, a aparição de cimo em tais telhações era nossa marca escura, ficávamos com jeito e trejeito de telhado, com aspecto de cimo, se perguntassem a nós que aspecto tem teria um telhado dizemos diríamos que um abutre é um telhado vivo, um deserto em cima de uma paragem, em nós o escuro era tão vazio como o deserto sob a luz do sol.

Aviando, em seus voos mundiais e eternos, em suas navegações pelo sertão dos ares, indo em sua solidão, nos aveava de longe, mandava suas aves para nós, voava como oração, sereno, queimado pela arenosidade do sol. Olhai ooooos papagaios e suas linhas infantis, dizíamos a Aviando, lembra-te da tragédia acontecida com Santo Vilão acontecido para sempre em nossas inocentes recordações, recobrávamos tal acontecer com pertença e com herança, éramos ócios. Vilarejávamos, passageiros, por cada antro do céu, cada janela esquecida e desabitada, cada alpendre erguido, cada sino de igreja imaculado e adormecido, cada torre de prédio intocável, as alturas mais verbais e vertiginosas, onde homem algum tocava, tocávamos, zelando pelo mundo dos meio-céus. Nos preocupávamos com Aviando. Minha mãe Aurora, já ida então, me avisara dos caminhos pelo céu, para voar frouxo e despido de domínio, para porém voar cauteloso e se chegar se aproximando das copas, para voar como uma copa e pousar e se apor como copa coposa que isso era elegante e prudente, para deslizar o mar de ar com distração mas ler o vento, pois apesar de um de nós poder se enganchar nas linhas das ímpias pipas, era de todo prudente se avisar de tais possibilidades que vinham de encontro às nossas esperanças.

Voávamos em círculos ciclos. Lembro-me que no dia que Vilão se engatou nas ímpias, voamos em círculos o haver de nós ao bel levar do vento em sagradas constatações das levezas da terra era vertigem que rodopiávamos uns ao redor dos outros revelando a palavra resvalando as hierarquias nós cortávamos em ciclos cada vez mais sísmicos em redondezas cada vez mais semeadas em voltas cada vez mais esquecidas pois queríamos celebrar a tristeza impiedosa da liberdade queríamos celebrar feito fatos loucos a morrida de Vilão o dia de Vilão o diário de nossas vidas de Vilão a diariação sempre provinda e porvinda que nos mantinha de amarra com as previdências, fomos providenciados por alguma previdência estávamos de elo e de novela com alguma esperança tão rodopiantes tão revoltosos como um mar providenciado assim que o proveniente Vilão se despistara em um linhazinha que o derrubou igualzinho sem mais forças estávamos fazendo marola estávamos fazendo redemoinho infante e inocentado pela aparição de Vilão quedado como mancha das sombras em uma vã calçada, tão vã quanto Vilão urubu que tinha sangue mais grosso que todos nós de sangue grosso, o sangue de Vilão era tão grosso que seu correr pelo chão fazia rumor de globe globe, rodopiávamos velando o céu velando o céu e a velação do céu rodopiava o tempo e junto com isto o vento nos ciclos mais ciclos mais revelados.

Pouco os homens de tão baixo sabiam de tais baixas do céu, tão minúsculos dos sentimentos do céu, porque só espiavam seja de noite por pavor ou seja de dia por calor aquelas leves descidas em suas telhas, mas não conversavam com elas, só as espiavam. Quando porfim iam se deitar, no sangue escuro do quando, e sonhavam com seus preságios e comércios falidos e fadados, no mundo escuro de seus quartos, pressentiam pequenas cavoucas no barro das telhas sinistras, pequenos roçados asquerosos nos declives das calhas, pequenas coçadas entre os encaixes, botes de joelhos, intriga de garras, receios, e povoamento de sombras que se cruzam e se margeiam como lâminas noturnas. A porta da frente, trancada, a chave-mestra posta em cima da cômoda. Os calafrios delirantes, a flana de uma aba de roupa sob o vento faz lábio e mudo sopro para as malhas das sombras, a pose eterna e amansada da cama, as linhas faciais da casa a afeiçoarem-se debaixo das nuvens, os suores originários do sonhador homem que em pesadelo se afoita num respirar cada vez mais brotado, se depara com sombras em seu sono, um pesar quanto a seu pequeno comércio dos dias, e súbito é cavoucado por uma telha remexida de seu lugar. Os preâmbulos do quarto guardam a velhice sábia das cadeiras e do guarda-roupa, o silêncio dos ventos cai e recai em ondas vagas, um sopro que se abandona sobre o comerciante avarento e valoroso das suas moedas parece vir:

de retrás, seu suor se gastava, ele quase morria de tanta noite em seus sonhos...

Nós sabíamos que os homens sonhavam com nós com os devaneios do pesar que nossas silhuetas formas ares de cimo os deixavam inconstantes, se remexiam em debaldes na cama a nos revelar seus comércios, nossas formas inertes, povoadas nos planos das casas, os tiravam de seus repentinos claros para ver em nós a eternidade dos dias, nossa ociosidade revelava eternidade, nossos povoamentos nos muros, dubiedade e multiplicação de sombras, nossos relentos revelavam ingenuidades, nós éramos a era dos dias, tão devotos dos quartos de hora. Trazíamos a enunciação, avisos de passagem de esperanças, vivíamos nas esperanças dos homens, nas ilhas mais escuras das lembranças. Povoávamos as sombras, nas altas casas nutríamos o tempo. Os homens de miserável comércio se dobravam nas camas acometidos de pensamentos nos seus sonhos pesadelos, acometidos de sorte, ficávamos de sorte, nos parapeito, a revelar nossos sentimentos de noite para estes homens, não porque quiséssemos, mas porque assim eles sentiam.

Eles sonhavam com pesar por nossos amparos nos muros, ficávamos a velar o sangue diurno, um homem mercante que fosse visitado de presságio por um dia seria de temer por sua sorte, ai que coisa mais escura ser visitado pelo Dia, visitado pelo diário. Por isso ai ai que as povoações de nós nos confinados das muradas e fachadas era o diário das vidas, a incontável diariação dos homens, que sonhavam com suas moedas e suas moelas suando a vapor nas noites mais precisas. Uma urubu ovada dava vida a vários dias. Minha doce mãe Aurora me ensinara que seríamos diariamente. Que as sombras das casas nos aportariam de nossas proveniências. Que a previdência do tempo advinha das providências das horas. Que a incidência do alimento viria dos indícios do mundo. Para nós uma moeda, um animal dissecado por nossas lábias. Para os homens dos comércios uma moeda, suas moelas e tripas por um punhado de valores teias de valores.

Na diariação éramos e vivíamos incontáveis, luz após luz, em infinitos de quartos de hora. Éramos fato presságio para os humanos, que viam em nós, nas noites, seus dias, viam em nós infinitos vilarejos por onde esses homens passeavam em infinitos círculos e paragens, viam em nós o deserto e o decerto de seus dias. Entre os urubus, cada um de nós era um vilarejo invadido por outro em eternas veredas sem ouro, veredas de céus estorricados e marcados pelas chagas dos voares pelo calor que crucificava as asas, éramos as eras, éramos os rebentos do mundo quedado.

Se por acaso ficássemos pouco achados por entre as alçadas dos casarões era porque nosso dia se confundia com a sombra, éramos ah se éramos o meio-dia das sombras, se nos apoiássemos ah se nos apoiássemos era como se fôssemos sobras, mas sobras que sobram como as palavras sobram, se nos encastelávamos nas torres era porque em nós viviam lugarejos vilarejos como se ai vários vilarejos e lugarejos vivessem em nós ai simplesmente como se fôssemos habitados por vilarejos, como se fôssemos lugares habitados por pessoas vilarejos, éramos escolhidos pelas solidões dos campos desérticos, eram as solidões de nossas lembranças que nos decidiam que nos moviam, os lugares que nos habitavam, éramos vazios sertões habitados por vilarejos distantes, os vilarejos falavam em nós a voz terna da solidão ou das solidões, por isso tínhamos decerta ternura nos olhares plúmbeos e pétreos, decerta paz no acampar dos voos, decerta comedição nas nossas nutrições, pois pegávamos com garra somente aquilo a que nossa solidão nos inclinava, éramos vilarejos sem lugar, éramos vazios, dias a serem habitados por memórias de desertos, sertões de vento impune e livre. Éramos as velhas eras que serão.

Um de nós, o mais louco o mais ledo, terreno e propício também, era Tear das Vilas, nosso pássaro das palavras, aviante longe e distante que provava os ares e das imensas campinas dos céus da provisão ele era o meneio das certezas escapulia-lhe a língua sobre as páginas das veredas, dizia-se dito e ditava-se dizido, vivia na exclamação dos perdões, ó vilas perdidas, gritava, não me faltem as casas tanto assim, exclamava não me faltem tanto exclamava tanto

Porém, no seu olhar de abutre rouco, vivendo pelo troco dos ares e vagar varrido, arranhante pelos confins de seus serenos, porém havia nele um navio vazio, havia nele, que vinha num voo inclinado pelas macias da terra do vento, havia havia uma serenidade de cancela, como quem cofia barba lenta como quem mastiga talo de planta em concordância com a queda da tarde, arteiro

Nos reolhava como quem bem molha com os olhos como quem lança mar nas consciências como quem rumina ilhas como quem dá nó nas novelas do vento, ficava de novela com nós todos, o olhar a tramar paz, pousava esperança em nós, inspirava passos em nós, passareava inspirado, ruminava assobiado

Pois bem. Coisa que o homem Alamabo deve pressentir, que em seu júbilo distinto sobre a praça dos acontecimentos dos diários do sol dos pés falsos de nós urubus que em júbilo se faz palavra asseada como idades cheias de herança e miséria milagrosa idades dos ventos que trazem suas hierarquias para os copos das copas de champanhe e sopram o rosto de Dolores e Alamabo. Pois bem

Pois bem. Tear das Vilas era pássaro palavra voava orador se criava em rezas seus voos e ditas dizidas eram ecos perdidos das encostas dos palácios estes mesmos que alguns veem sob a vida dos ventos sob o mar dos tempos ele ficava de múmia diária mantra estátua perdida entre as cegueiras do sol e do meio-dia enquanto a praça dos pássaros parecia no ar do céu julgo um vago julgo sobre os homens mas ele Tear se elevava perdido como uma onda varrida das serpentes do vento como se batido por uma onda se esquecesse elevado batizado nos telhados cegos de algum palácio perdido alto morto das torres ou antro de meias alturas

Ali, sem afoites nem calouços nem ardor, ele vertiginava somente em palavra sobre a região do calor sobre a praça, enquanto as legiões de urubus como ele se reuniam imergidas das regiões do vento e do acalho e do encalho. Ele antevia suas palavras entre as praças altas dos voos inclinados e abeirados os urubus em suas misérias eternas e suspeições entre as faces honradas das alçadas das igrejas. As praças eternas que se moviam pelas asas dos pássaros que deliravam em voos regiões eram moinhos de receio que se alimentavam do recôncavo vazio das brisas que davam feito daninhas entre os largos dos ventos, cada praça, cada região, cada legião, cada largo e palácio era a máquina vertiginosa das almas do ar que cada vez mais em ciclos e em tornos tronos em torno se arrodeava em vilões de asa que lembravam casas sem peso mas com muita suspeição

Não era muito de se esperar que as daninhas brisas daninhas dariam trégua aos largos do vento quando o tempo ali se instalava como berço das idades e quando sombras brancas passavam como anseios pelos sobrados dos temporais caudalosas eram as pequenas iras das fuligens crescidas varriam-se num moinhal que entrevia no espelho calmo das regiões era como se entre aquelas praças celestes vagas noturnas pisoteassem os jardins dos voos

Cada voo se camuflava sobre as insígnias do vento cada legião convivia, larga, entre os enredos dos receios, eternos receios, cada calma, cada casa de olhos fazia sombra sobre os dejetos das praças sobre as sobras das brisas cada pássaro morava em cada passo pousado em cada banco havia segredo. No meio de toda aquela navegação naviação entre as regiões dos voos e as legiões dos abutres e as praças cíclicas Tear das Vilas lançava suas regiões de palavras seus telhados pecados sua cegueira jardim sobre o moinho das proximidades e das glórias

Todos voavam centrífugos num arar ar que contrapesava os ecos num vai das vertigens esvaídas todos meio folhas de sombras no sertão dos céus áridos céus o passeio das praças, amplo, acenava para as ventanias, as brisas balançavam, aos caprichos crianças, as idades do calor aumentavam, a cegar a palavra e a seca morta dos ruídos do dia empesteava as matrizes das casas, justo ali, ali onde, naquele mar perdido dos voos sentados e sitiados, como numa paragem de tempo, como num retiro das ondas, jazia sonhante Tear das Vilas, campeado numa torre, falafalante sobre a cegueira clara daquela cidade alta das asas

— A cidade de que jaz vós falo dela não sabem os homens em seus chãos mundanos. Há uma cidade do alto, pois de já digo, que sonha os apavorados de baixo. Esta cidade tem sim praças palácios regiões e legiões e não tem cegueira declarada, somente o vento a depõe, ela vela por sua idade. Está morta desde a vida, amamenta-se das viradas das ventanias.

A um dizer um tanto arcabouço que nos bale rebeldes desmorona sobre nós pequenas pedras de verdade das quais poucos ou nenhum ninguém jamais parou os balouços agrestes do vento para ler a idade destas palavras a cidade circunscrita está acima do mundo logo acima nem tanto dos peixes dos comerciantes das vassouras das consenhoras respeitosas das verduras

Ao ouvir malouvir Tear das Vilas em seu varal de abutre em sua murada cemitério rogar o sexo dos tempos nos ampliamos em mundos emaranhados uns e outros apelando voo esquecido ao céu, nos assustávamos com o anunciar de uma cidade enunciada, que éramos nós os habitantes daquelas terras que os homens desconheciam, tão absortos nas suas moedas moelas

Nos apavorávamos com tamanha anunciação segredação das verdades que se dava às cegas. Na realidade não sabíamos que a terra era a de cima. Somente temíamos o temor de nos espantar sobre nossos ventos mundiais e tempos mundiais. Que a verdade estava convosco sobre as terras

O vagar pelo sertão cego e pela idade das veredas e pelos enredos do segredo nos contraía como se o vento fosse contraído pelo tempo, como se nossa região de voos circulares fosse sobressaltada por uma imensa sombra ilusão

Tear das Vilas, com sua cova de asas, que se abriam para revelar vazio, nos criava sombras como quem prenuncia verdade, nos refalava como quem inocentava o azul, se evocava, de bico alto e paramentado de penas, como um cruzeiro de cruzes altas, todo confim, confinado nos bancos do rio mar céu

Abava, libertado, como quem confiava ossos a nossas mãos mães mãos mães, abava como quem projetava anjos sobre as horas dos dias sobre os mares das ruas noturnas sobre o navio do sol que arrolava mandante sobre nossas cicatrizes coceirinhas

Abava liberto, abava liberto,

Como uma tempestade

Nos dizia dias nas orelhas

Falava habeas como faróis dos tempos

O céu cedia a sua conjuntura no muro, a sua quadra de rezas

Seu habeas asas liberava o vento dos tempos

Nuvens cavalgavam, senhoras de idade

Nós, proseando pelas praças dos santos céus íamos de aba em aba, ladear com as estátuas

Vadiar através dos campos visitados pelas brisas a cavalo

Ancorar nos tempos dos monumentos de vento

E outros pássaros nos seguiam

Para ali onde nada

Havia

Senão

Moradas de ar cego

Setas para o mundo natal

Jardins florais onde pastam as águias das claridades

Onde vilas de solidão ficam apanhadas de moradas e rezas cegas e ecoadas

Mesmo com o estômago em trevas Tear das Vilas, nestas apaziguas que fazia sobre telhados esquecidos, longe das reuniões populosas dos urubus, dizia com todas as ditas e desditas suas palavras doces loucas que continham a música dos poemas em asas sua música de veredas dormidas e mortas que guardavam ainda as folhas do vento e as flores da solidão Tear das Vilas era urubu homem que se sabia cego que se dizia ledo e se criava azedo entre os ombros das sombras olhava de miração com olhos de lança os campões mais à frente que se calariam para os besouros à toa voar é pestanejar viajar é vigiar as minhas asas são mortes tecidas como campos

Ele Tear das Vilas dizia que dentro dele havia um vilarejo, um vilarejo que vivia, dizia até que havia vários vilarejos dentro dele, que ele se voava, que ele se campeava, se mapeava pelos voos, que ele era já uma vereda, árida e de sol veemente e que batia com demência na testadura do viajante, dizia ditoso que se descobrir era já um precipício, um vale de sombras. Ai, disse: — queria poder visitar de novo aquela vila vilinha ali bem já alizinho onde minha mãezinha um dia me deixou neninho com um purinho cheiro de odor, com um menino cheiro de sujinho, foi com ardor que ela me criou para o voo cego, para o voo ceguinho que eu tava que nem mundinho novo, mundinho do tamanho ai das coisinhas porquinhas, do tamanhozinho de um portão. No pátio da casinha, árida e sozinha, teve-me minha mãezinha tão zinha que mal davam seus cotovelos para me carregar, mãezinha mãozinha, ela me trazia coisinhas bem zinhas todos os dias de meus dias e me alimentava nutridozinho cabidosinho em seu colo de mãe dos tempos tempinhos de tempinhos em tempinhos ela se demorava se demorava a me trazer nutrições dos tamaninhos de mãozinhas eu comia feliz cabido em meus bicos como um zinho da vida, ela me desmentia da vida dizia zinha que de comodinho em comodinho eu sobreviveriazinho de asinhas em asinhas faria casinha para minhas casinhas sem casinha dormiria em coisinhas e vidinhas inhas bastante para ser humilde quando me faltasse de fome para que me batizasse de mundinho para que nada me faltasse. Nosso porteco de mundo tão sozinho solitariozinho na lama árida das veredas tão pequenozinho entre as paragenzinhas tão esquecido e aconchegante aconchegado chegadinho pra nószinhos era uma fortuna da miséria da vidinha da vida. Lá fora o mundo dos sertões me esperava tão em choque com minha chegadazinha tão zinho que a zinha da minha sombra me encolhia em mimzinho meu feliz filho minhinho tão pequenozinho tão nozinho cuidado com o mundo mudo que lá ninguém fala não lá ninguém fala nem palavrinha com tuzinho, filhote. Meu arrimo de coração cuidado com os caminhoszinhos que enganam como seus caminhoszinhos tão caminhos ela me avisou ave-avisou minha mãe mãozinha. Nos dias que se passavam se passavam se passavam me criou benzinho debaixo do ventre dela no ninho mal-cheirozinho que cheirava a amorzinho cafuné, cafuné com os bicos, as sombras da casa nos acalmavam calminhas como alminhas minhas verdadeirinhas verdadeiras amigas minhas não havia vento nem ventinho nem ventão mas de vezinha em vezinha um farofeio levinho de vento me balia me afugentava as peninhas que se coçavamzinhas no vento ai tempinho bom de minha casa tempinho bom de meus tempinhos de meus bens tempinhos quando minha mãezinha tão asinha me deixava ir até o portãozinho até a boquinha do sertãozinho só pra ver bemzinho a amplidão que me esperava para longe dali, o sertãozinho de nossa casinha zinha me acenava com doçura com restinho conchegante chegadinho a mim, ai que o sertão sertãozinho afora me metia medinho mas minha mãe se aconchegou a mimzinho toda chegadinha e disso tudo é assimzinho no marzinho da vida vidinha ai, filhito do sol fica assim Zinho que a vida te porta e traz, ai minha idaszinhas e vindaszinhas do portãozinho para o pátio debaixo do telhado Zinho me garante saudade ainda moça de minha mãe de meus irmãos de minha terra de meus primeiros cheirinhos de pena seca peninha sequinha bem quinha quinhazinha bem cafuné, ai alago mares com minhas lagrimas grimazinhas eu choro com um monte de lagrimas iguaizinhas lagriminhas tripinhas eu chorava todo tripinhas

fraozinho fracozinho lá de onde vim tem pouco ou nemzinho mas minha casa me aconchega chegadinha o calorzinho
de minha mãe me consolava do mundo no mundinho inho
inhozinho dela me sentia inhozinho inhinho em meu ninho-
zinho me sentia sentidozinho chocadinho bocadinhozinho
por minha mãezinha mãozinha, nos dias a mais que estavam
de vinda a mais me crescia, pássarozinho ascozinho me con-
torcia esticando ticando as asas asinhas asas minhas asas estavam se tornando ah jázinho asas meu primeiro voo no quintal de nossa casinha logo na curvinha da vereda no meu
sertãozinho ali certinho onde tinhazinho um Jaboticabal
onde era uma paragenzinha uma vilazinha que minha mãezinha me ensinou todinho como chamar assimzinho de Vilarejo dos Vilões, cheio de sombrinhas, casas pobrinhas, cheia de
abutrinhos e calorzinho, ali, lembro ali bem Zinho foi onde
me criei o cheiro do chão me relembra benzinho meus tempos de nemzinho ali me criei heim cafuné mãezinha cafuné
nos dias a mais que se seguiram era árido cresci soltinho pelo
chão de vez em quandozinho valia voo abri as asas pelos arre-
dores da nossa paragem relembra-me o cheiro de calorzinho
bem zão que quando pequeno ninho me manteve pra não
morrer de viver, a casinha tinha cheiro de chão a vila cheirava
a calor os abutres cheiravam um cheiradãozinho minha mãe
um dia se foi, me deixando e me metizinho no ar com as asas
já meio crescidinhas um pouco ainda vuei fuizinho embora
de minha estalagem longe longezinho morri de vista até ficar
um zito e minha casinha minha vila vilazinha ficar zitinha
zitinha sumir sumidazinha desachegada para sempre de minha vista meus olhos de sozinho. Ai que me dói tanto!

Minha doce estalagem era um paradeiro das solidões
tão sozinha zinha até antes de me separar dela pelos ares

lembro que ela aindazinho tinha o cheiro da cafunagem de minha mãezinha Íris lembro das letras cegas que ela me diziadiziazinha que os diazinhos que passaríamos ali ficariam para sempre aconchegados em nossas memórias mais santas mais sagradas que sonharíamos com desertos e voaríamos como desertos que quando alguém me visse diantevisse ali no largo apraceado do céu meio de vagarinho longe de tudo tudinho todo desertozinho só Zinho o que ele faz ali naqueles sertões o que faz ali naqueles prações desertos, alguém se perguntaria perguntaria. O que minha mãe Íris me perguntaria após ver meus olhinhos grudados era sobre minhas as minhas esperanças o que esperanças tanto filho meu? O mesmo que eu esperanço, voltar para nosso cafuné e para nossa paragem ah paragem onde param e deparam as solidões. Mas depois de eu avoar nos meus habeas emancipado por minhas asas que voavam veladas minhas curvas cada vez mais entristecidas pelas veredas tortinhas que borboleteavam minhas asas minhas mães iam-se nos fins dos horizontes diante de colinas tristes solitárias tortinho de triste ia eu tortinho de triste torto meio mole aguado pelas curvas áridas claras sem cor sem vida então aprendi desde então que aquela falta que meu sertãozinho minha paragem minha vila no meio nada me esperança me deixou sentido triste com sombra vaga no coração chão coração, então desde aí que vivo me velando, que vivo velando as sombras uma sombra uma sombra minha que guarda o conrespeitoso senhorioso pelas minhas veredaszinhas que me levariam de torno de volta para minha paragenzinha passando a vila minha mãe Íris me de continho no pequeno recanto do ouvido que meu nome é Tear porque eu neninho pequeno tecia muito minhas mãos elas se contraíam para as verdades que eu tinha jeito jeitinho inho de compor palavras nas torres de acampar sobre as palavras de acampar sobre as estátuas de acampar sobre o mundo de campear vilão sobre as imagens do sol a regar as sombras a compor as sobras do mundo em meus caminhos de estômago a regar cada parada no alto com ares de velório tão doce e vazio quanto o rio longo das sombras que se esticam e se separam em fios em tecidos vazios.

Quando me ia me indo quase vindo com os olhos me via naquela casinha na estalagem só minha regada imagem imagem regada de lágrimas ela ia ficando só imagem só mundinho só solidão a casa da paragem sofria de solidão ia chorando abandonada se despedindo de vez de mim da minha vez ali a última vezinha a casa ia me acenando tortinha e eu trotinho ia nas curvas tristes e a casa se dobrava como uma vereda na minha ilusão toda penada toda inconsolada me chamando me clamando me aseando pra ela acenava para mim com suas asinhas como se rebolisse um lenço fraca mole me chamando me clamando vem Zinho vem Tear tearzinho vem de volta pra mim sou tua casa sou a herdança de tua mãe em mim vive para sempre a sombra eterna da tua mãe Íris, vem volta não te vás, ahhhh

Minha casinha zinha parecia já quase a gritar berrar chorar choramingar aguada afogada em lágrimas e lagrimas ai ela se torcia no horizonte de dor tão triste ia me esperar pra sempre de volta de retorno ficando certa guardada pra mim. E eu então após uma última vereda longa vereda vi o rosto da casa sumir sumindo surgindo até imerso na solidão para sempre eterno eterna, então eu avoei com meus trapos nas costas minhas penas trapos tudo que eu sempre tinha tive tinhazinho comigo levei minhas penas nas costas com meus ossos fraquinhos doído de tanta solidão da casa sozinha voei meio sem elo sem caminhos segui pelas ruas das veredas que se seguiram as cercas já apareciam o sol ascendia acesso no eterno e até até até que cheguei na cancela todo dominado de terror e entristecimento e desvalidão, cheguei com os olhos ardidos pelas lágrimas lagrimas da minha já ida casinha se despedira de mimzinho, acabado e curvo e torto abri a cancela torta tortinha e velha cheia de caroço na madeira e com coração resmungado e murmurante nos gonzos, com meus trapos fechei ela com ardor pavor triste ela se encerrou atrás de mim e se encerrou para mim para sempre eterna e se calou semelhante a um dormir uma última página das veredas, fechou-se velada e velando-me para o sempre, tanto que eu sempre esperancei poder um dia poder voltar a pôr a mão nela para abri-la com energia alegria, mas nem mas nem

Nunca mais a vi, a tal da velha senhora cancela, nunca mais toquei em seus dignos ossos solitárias.

Desde então, sobrevivo nas minhas sombras celestes, sempre a querer de volta minha casa, minha paragem, meus primeiros ares, minha vila de urubus nos confins, meu diário, dia após dia.

Agora, rumo vagado pelos mundos, ando precipitado pelas imagens, cada nova paragem é um velório, um parir de sombras, uma parada danada nos altofins das casas, um compor, um compor-se de asas nas torres: meu destino é a seca do céu, é o passear nas praças do ar, fui feito de sertão.

Minha alma é um vilarejo.

Por isso voo fazendo águia nas coisas fazendo vilarejo nas coisas trato os tratados do mundo como se fosse um apraciado de sombras que se águam moles debaixo do sol noturno

É verdade santidade que os telhados possuem olhos e são altares de paradas, me recebem com espadas e setas, sombras e claros, roncam como monumentos esquecidos, são monumentos dos dias diários dos humanos e de suas vidinhas de moedas

Ficamos suspeitos, vilões, sobre as telhas, suspensos como os monumentos, ficamos de relógio para os ventos, que nos sopram para outras casas quando chegam as horas, os telhados monumentos das pequenas horas dos homens

Assim, o que vive em mim dentro dos sonhos eternos mundiais é um vilarejo, uma vila, um resto de mundo, nos fins de algum fim de caminho ainda me lembro da aridez o dia claro amarelo opaco das casas vilas daquela vila a pobreza das coisas a poeira os ossos os cactos o povo escasso olhando com os cantos dos olhos os cantos do chão as casas pareciam olhar sobreolhar as pessoas que eram abutres seu Gurjão "abraça-céu" sentado no batente a alembrançar seus voos mais altos, cheirava a odor de mato morto, era conhecido por alargar no céu marzão em pleno dia passava como um turbo passageiro deixando ilusão no chão solo vinha distorcendo o quadro do firmamento, as asas alastrando o ar o ar alastrando as asas, assim como quem ara e arava a terra do céuzão, se apontava num toco de árvore que o cabia como uma mãe serena, se entocava ali se entocava na sua imagem, todo sarcófago e improfanado, sua pose o intocava, se escondia no seu mostrar estátua, ficava a sitiar-se no calor do sol, revelado como uma amolação das existências, um revelado escondido sob a luz do sol, o sol andava pelo domo do céu alto, e ele, Gurjão "abraça-céu", rapina, sobreolhando tudo com o olho deserto, meio de meio com as coisas, desconfiado das desconfianças

Ai, lembro tantinho dele, que me dizia passagem quando eu chegava com minha mãezinha Íris das Vilas que lhe trazia bem bom dia caminhando de passagem irada de felicidade toda coitadinha com os cabelos em pé abutrinha lavada pela seca do sertão os cabelos arrepiados. Ele nos dizia passagem todo esperançante com os olhos sinceros de sombra parecia que tinha chuva nos olhos de tanta lágrima contida de tanta alegria por aquela vidinha inha dos diaszinhos dizia bom caminho para nós tão todo feliz felicitário. Lá pelos meios do sol o víamos a voar com as penas livres pousava socorrido como se um porto de pau o descansasse da imensa felicidade, seu pouso era sempre capital, avisado, cruzador para as pontas das casas ou tocos cruzava, ficava de cruz, reto, praça, como uma placa das casas, como um vilão, ostentando o segredo dos caminhos, sagrado como uma vereda, sagrado como uma deserta vereda

Alpeão "contanto", um urubu sentido de alguma coisa, mudo, quieto, fala-pouco, que nada dizia, só apousava, meio aparecido meio desaparecido, entre os da vila entre os vileiros. Ali não havia aldeões não mesmo, no lugar havia vileiros, ali haviam os ditos vileiros e os ditos voleiros, dizia-se que os vileiros eram os de nós que mais se achegavam à vila, que estavam sempre de parada nos batentes prontos para levar palavra dizer boa passagem aos chegantes coçar as penas parar não passar o tempo, enfim, sempre pousados e pertencidos para o chão batente da vila. Os voleiros, raros pássaros urubus que nunca paravam, mais não-tempo ficavam no céu, ficavam a ruelar nos firmamentos, a fazer o nada, a vadiar debaixo da testemunha do sol sedento

        Alpeão "contanto" ficava ruminando resmungando priguiçoso "pois é, né" pondo documento entre as palavras dos outros vileiros, nutrindo as falas, fazendo crescer tempo nas falas, alongando as tardes nas falas, plantando planícies nas palavras, desertas e amplas, fazendo visagem nas opiniões, ecoando os azares. Alpeão era um nato vileiro ao cair da tarde ficava de vela entre todos os outros a olhar com luz fosca os outros, a creditar os ditames, a crer os ditados do diário, todo emissário e cheio de adágios, falava com vagas, como se a seca em suas palavras tivesse ondas de aridez, companheireiro, mais amigo que um coração, todo inviolável, de cócoras no batente, todo decente, um ser totalmente um, um fato humilde, se coçando criado dos caroços, a pele das penas já rouca, de tanta creque-creque por causa da caroçada, pelo cair da noite, ele se fechava em manto, a fins de se preparar para o retiro final, iria se recolher no seu por-fim da noite. No outro diário, logo no início nascimento da manhã já estava de provisão, para palavrear, a sempre crer os ditames do diário, ficava feito um feito, uma cruz acesa, no batente, a dizer dia para todos sob o estorricar gasto do sol

        A engolir em seco o deserto árido das palavras a segredar veredas com os olhos a comunicar a missa eterna dos sertões que som teria o sertão dos ossos senão um som de missa eterna quando se veem ossos desertos ao longo do caminho aqui, dizia, Gurjão "abraça-céu" que nos ossos se vê deserto muito deserto só sem ninguém só a alma dos ossos a sombra das carnes é preciso ver o vazio das coisas como enchentes desertas desertos supremos

Alpeão "contanto", o dia-quieto, engolia em seco as veredas áridas da palavra e falava do sertão com missa eterna, num calar certo, como quem fica sem certidão de palavra, mas fica deserto na certidão

Caçanda das Invejas, senhora também vileira, sempre no seu eterno sempre batente, agarrando nas bordas do vestido, senhoreira, mais doce e vilã que as comadres de outras vilas, fazia cordão com os olhos, descendo suas alças olhos para entender se contentar com os bons dias, dizia, bem me relembro, que alimentava-nos dos desertos, do banho de solidão dos desertos, que o outro mundo para depois da cancela das veredas era um resgate, um tentar resgate das nossas índoles nunca eternamente esquecidas, dizia que os indizíveis estavam esquecidos nas palavras esquecidas que os ossos nos lembravam do nosso sangue deserto da nossa aparição

Asas Alívio, outro senhor senhorioso, vileirão que adorava passar os dias mais calmos à solta com as palavras, dizia até coisas airosas, desprovidas, que tocava até cegos, dizia que nossa aridez era nossa índole, que nossa pobreza era nossa vida, que nossos dias eram nossos ecos, que o sol era nossa vereda, que seus fachos eram nossos caminhos vossos, ficava com um tanque de água um licor, que esquentava sob o sol, feito da alma das frutas, já que ali as frutas só viviam como almas, secas e murchosas, num parado baile árido, tortuosas

Asas Alívio ficava a beber daquele licor de água do sol e frutas, um tanque ao lado dele, ele, aquele que vivia vivendo, ser sempre sendo, almando com suspeição todos os outros vilãs, era pesado, grande, grave, a proferir palavras a proferir sombras sobre o qualquer das coisas

Asas Alívio agradava com bom dia os que vinham das outras casas, a paragem uma seca alimentada de melancolias, as casas tinham o leve toque do sol, os ranchos tinham pequenas cancelas que calavam as veredas, as veredas elevavam indecisas até a última cancela daquela região solidão

Asas Alívio apalavrava com dona Caçanda das Invejas. Dizia com serão que a liberdade dos dias está nos portos pousos onde se viaja com o vento sem sair do lugar, onde se viaja no tempo, onde se viaja o vento e onde o vento se viaja

Caçanda das Invejas também concordava, concordando com os ventos, e invejava as novas abutres que gostavam de gastar o alto. De contemplar os tempos sem contemplar os ventos. Caçanda queria as ensinar a meninar as asas. A compor as asas. Como se as asas fossem ventos.

Havia Havida dos Dias, senhora que fazia águias nas casas no meio-dia das coisas passageirava como uma meiacoisa, na verdade objetiva com suas caças de deserto se fazia de sombra para não incomodar os vileiros e o vilarejo ficava na paz debaixo dos seus voos libertos as asas largas todas plenas de aviação repleta de universo nos olhos era porém severa na sua vida

Dizia saber mais que saber o deserto das horas

Asseverava, um tanto pouco airosa, que as rosas dos dias estavam na sobriedade dos olhos, que planar sobre os dias era como mirar os dias, que planar limpava os olhos, passava vento nas pálpebras, como se o vento fosse um remédio sem horas. Asseverava, um tanto pouco pavorosa, que a serenidade dos dias estava em mirar os dias, dizia que semear regiões pelo ar do céu era como doar dias, engravidar-se dos dias.

Havida dos Dias dizia que planar sobre telhados era o mesmo que mirar os dias, quando falava do outro mundo cego dos homens. Que deveríamos nos lavar com o vento, nos banhar na aridez do mundo, limpar e passar vento nos cílios, para piscarmos com palavridão, para olharmos com Terra nas certezas.

Passa-se pelos dias como quem ara uma árdua terra, disse.

E um dia Havida dos Dias engravidara dos dias, de tanto voar pelas velejas das casas, meio-coisa a assombrar os telhados. Iria dar luz a dois dias dali a pouco e assim se tornara uma senhora tornada, mulher com sabedoria maior, pois ser a mãe dos dias era como ela dissera ter os olhos limpos pelo vento, o tempo dos olhos puros que nem sereno de deserto, ter a maciez das melancolias

Teve ela, numa noite de festejo, dois eternos ternos filhos, dois mundos a mais, Tempo dos Dias e Vento dos Dias. Fornecido pelos fornos do sol, Tempo dos Dias, nome completo Havido Tempo dos Dias, quando do seu nascer, revelou as asas, ela o abanou, o chocou com cruz, toda escura, para o ter celeste, o ato mais tamanho dos séculos

Vento dos Dias, fornecido pelas águas do sol, de igual nome completo Havido Vento dos Dias, demorou a revelar as asas, primeiro ventou, depois foi abanado, chocado com vila, claro como o azulejo das almas, a maciez do azul da noite

Chocar com vila é como chocar com memória uma criança

Ver o vento nascer é como ter olhos do mundo

Disse Havida dos Dias, e que iria, na arca dos telhados, bem cuidar igual de Tempo e Vento

Todo diário o povoado a via, cruzada num toco, numa placa que dizia: bem-vindos ao Vilarejo dos Vilões, terra de osso deserto

E debaixo de tal placa prometia:

"VILA DOS TELHADOS ORIUNDOS"

Pois cada telhado ali era oriundo dos dias, e cada dia oriundo do diário dos urubus, da história mundial da vila Vilarejo dos Vilões

E dentro de Tear dos Vilões estas relembranças iam e vinham que nem ventos enquanto ele ficava composto como palavra sagrada no alpendre de um velho casarão cuja torre e copa parecia que elevavam o terral do mundo

Eu, Precipício, agora crescido nas cercanias dos ares, bem assentado e conhecedor avisado dos largos do céu e das regiões bem habitadas por nós nos ares plantados pelas asas de nossas mães, a minha a muito já ida, bem ouvia e re-ouvia Tear recontar com lágrimas suas esperanças e lembranças, todo titozinho, mimado, com sede dos olhos eternos de sua mãe Íris e da casinha da paragem, também já a muito ida se foi, para logo em seguida, no navegar dos ventos, composto como cruz no telhado cinza longe de nós, sem região, dobrar suas promessas e dobrar o sagrado de suas

palavras com seus poemas cinzas, plúmbeos, poemas
zincos
Minha alma vilarejo

Ressente tudo que me deserta

Sei das praças do céu

E dos séculos que habitam as casas

Minha casa me clama por amor

Aquela velha cancela

Que torceu sua idade por mim

Fez-me ver a vida vereda

E se relentou, se fechando mais em suas penas penadas, debaixo dos elos do céu, e sua estatura, tão a par do mar quando as ondas batiam como testemunha secular nas escadarias, se elevava, frontal, cheia de composição de cruz, entre
os mares dos telhados cinzas cada qual com sua comporta
travada pelas elevações, ao mesmo tempo que aquele mar
morto das telhas parecia ser de outra forma uma forma perene de igrejas, pareciam ser torres de igrejas, um torreado
de igrejas, que se sobressaltavam como punhos punhais a
apontar os céus como ditas mal-ditas. Alguém já viu um

mar de igrejas? Pois aquilo bem parecia com torres de igrejas alagadas, torres emergidas de águas altas, igrejas alagadas, pequenas vulturações surgidas entre águas, pois todas as ondas dos telhados, todas as malhas das telhas eram vagas imóveis vagas entre as torres as cúpulas e o cinza crônico

Tear das Vilas ficava sem verão enquanto os outros pássaros largueavam entorno das praças ilhadas dos altos cada qual em suas concavidades secretas a sentir as suspeitas ficavam em vão em cada barroco de céu cada barranco de sombra

E propiciava mais palavras provindas de sua origem vilã:

Venho de minha casinha

Voar fazer paragem

Nos confins das veredas

Vejo portos desertos

Onde legiões de asas

Velam as terras do céu

Velam as aragens

E enquanto isso, um rumo de urubus pássaros pássaros se estampa para as formas das nuvens, bem alargado em seus voos, se avança, a reinar em outro cume, lá ali onde outros antes há pouco abarcavam, e estes outros se mareiam, a roçar para outras estalagens, ali lá onde nenhuma ameaça os retém nem os improvisa com as sombras. É decerto que povos deles não podem vilanear nas mesmas inclinações nem nos mesmos bosques de alturas desertas, pois que a disputa pelo ovo da terra os torna vilões ao modo humano de contar as moedas pelo bico o ovo da terra ah pleno prêmio pássaro passa em seus sonhos semelhantes como um troféu das eternidades dos pequenos séculos ah ó ovo da terra és tu que os urubus tanto amplo querem só o ovo da terra seja num fiapo de carne incerta ou no topo terreno de uma laje

Vós ovo da terra

Este rumo de urubus, pois, após os lances e relances de asas, e cada qual se coroar de novo em outra inclinação sob o sol, em outro banco de praça de mar de firmamento, se compôs como um povoado, uma larga multidão crente no tempo e no vento, uma população mirante, nos tronos gastos do telhadal. Cada qual com seu coçar carente coçando com semeadura cada pena valente cada casta de aba e pena. Ficavam como hastes castas de céu, cada qual em seu algum de mundo, cada qual se valendo dos abismos dos fins de tarde, quando porfim nas termas deixariam um legado de mundo, pareando como crianças proezas, como se fossem asas de relógio, agraciadas de vento e fina brisa. A sensação de castigo com que os bicos se fustigam ou que os tarsos se atracam é clara. Os tarsos traçam nas ramas do telhado, fazem sentir o agarre como que se agarra o ar do céu, com certidão.

Aquela composição de castos nos varais do dia, nas telhas, se isola feito uma povoação, cada qual sendo seu um a postos dos ventos, o vento vegetal e puro os desnorteia, e tamanha mar ilusão de sombras vivinhas parecia-se não bem com um povão, com suas agremiações sangrentas, e sim com um povil, um estranho habitar de nadas semelhantes cuja humildade de velar os dias diários era criança, não carantonha nem caruda, mas carinha meio empolvilhada, um covil de vileirinhos, de povo de vila, povil povil

Assim sendo, povil povilpovil penas povil penas era seu aspecto habitante

As telhas ficavam ornadas de povil povil povil povil
Povilpovil povil povil povil povil povil povil
Povil povil povil povil povil povil povil povil

Era impressionante o concateno entre aquelas cabeças alvoroçadas que febris reviravam a olhar com troféu as coisas as casas os homens os peixes havia um jeito encovado daquelas cabeças se recolherem como se se protegessem em sendo polvilhas muitas um povoado covarde amparado como breu cruz no telhal, cujas alvoroçadas em ida para outras charnecas bem se parecia ah bem com um varado de asas umas atrás das outras um varal de sombras, uma variedade de dias ou um telheiro de imagens

Cujas alvoroçadas em ida ah bem se pareciam com escadarias voavam em escadarias em rezas uns detrás dos outros quase milagrosos inacreditáveis indo para os anéis do céu mas o céu a que iam era o dos largos todo logo acima das casas nas copas das árvores nas torres altivas ficavam eles de expectativa a esperar pelo ovo alimento enquanto também as torres as espáduas e os sinos das igrejas ficavam de expectativa como se fossem formas para as sombras cavidades máximas para os voos relentos

As alvoroçadas em ida, os levantes, os urubuteios, os escapes dóceis para o alto eram como que verdadeiros desvencilhos secretos, como que povos em fuga aos bandos e de banda, flutuações miraculosas, borboletações, subiam feito espumas lerdas sopros, subiam como veredas, enveredados uns através dos outros, enveredados entre o mar de asas, como emparedados, como espécies de sombras flutuantes

A subida-mor meio que elevava o ar e o céu junto, a subida-meio que sempre se dava mor, como a máxima elevação, como se rasgasse um bucho de porco cheio de rosas, irrompia da carne para as lápides da levitação, este levital geral dos pássaros urubus pássaros gravitava, levando qualidades de ovos, modos de amor dos voos daqueles que segundo Tear das Vilas aprenderam a gerar o deserto das vidas como suas mães geraram os ovos diários e engravidavam dos dias

Já aqueles poucos provindos que mais de mais em menos se operavam nas torres solitários se cutucando tratando as próprias penas como filhos destes nada se falava a não ser que alguns eram como estes desprovidos e desprovindos pois que desconheciam as ameaças ficavam como se fossem obras do vento sobre as copas das casas ou torres de igrejas ao invés de cantar o que nunca acontecia ficavam perdidos a

falar com as coçadas para as falhas do vento e de seus assobios alvos e perigosos

Quando o vento inflava se atreviam, secretos, a se espectrar
para os voos, abando abando, mas sem ascensão sem ascender, somente se atreviam lunosos e entocados, menos mi-
grantes, jaziam, como aparições, só prospectando as asas,
abas marias, para o planos de abas mar

Se pareciam, estes aqui e ali, um pôr-de-sombras

Ai, e em meio ah tudo isso ah Tear ainda lembrava de
sua vida. Em meio a todo o verão dos pássaros ele ainda
lembrava ah de sua vila, de Vilarejo dos Vilãos, de sua mãezinha e de sua casinha no meio dos mundos

A índole dos dias, a bem dizer, a índole do diário, provém, santíssima, das infinitudes dos dias-dias dos urubus
em suas primeiras vilas, aquelas advindas depois da nascen-
ça dos ovos, uma índole dilatada, que quer dizer, proveniente das proveniências

O amparo dos telhados também vem daquelas infinitudes dos dias-dias dos urubus, pois se são telheiros é porque são oriundos dos telhados e porque os telhados são seus
dias diários das suas vidas veredas

Tear das Vilas, como dizia Precipício. via com arrimo a
origem circunspecta deles, somos diários, dizia, porque somos terrenos nas coisas, isto é, porque somos celestes nas
coisas humildes, gostamos da carne esquecida, e isto nos

fora ensinado não ensinado, mas ensinado gerado por nossas mães criações

Eu poderia ser o arrimo de nós, dizia Tear das Vilas, das nossas palavras, mas os ecos do mundo caído me prostram. Prefiro ahprefiro ser arrimo do vento de nossas palavras, não quero virar nenhum habeas símbolo e sim um sórdido sino de vossas vocações

Evoco meu passado e todas minhas ahlembranças com agreste é verdade é ahverdade

Me atordoa ahme atordoa

Saber de ter de nunca mais poder de desentortar aquela tal senhora cancela, toda ahtortinha me esperando doce com ahcalminha ai ah me ahdói não ter mais o ahcafuné de minha mãe plena-serena Íris plena-serena ahdói ai

Temos de viver revividos nesse mundo dos homens. Mas sabemos ahque somos o diário das coisas e temos a índole dos amparos telhados por isso somos telheiros às vezes pensados como presságio aviso desaviso despresságio também ah

Ah ai minha casinha reinaugurada com meu manto nascimento

Ah ai minha mãezinha e meus vilões andaram pelos sertões desertos

Ah ai a cancela que bem me apurava com sua paciência para me dar habeas decisão

Ah Havida dos Dias, Alpeão "contanto", Asas Alívio, Caçanda das Invejas, Gurjão "abraça-mundo", ah minha mãe ãe Íris das Vilas, e Havido Vento e Havido Tempo dos Dias ah

Quanta saudade de todos vocês ah aimundo dói

Até quandoah até quando

Que eu me seguro para não tocar a imagem de vocês

Saudade de minha vilinha doce e pacata

Nunca mais de eu ouvir as doces conversas os contantos que tínhamos nos batentes das casas casinhas

Nunca mais de eu ouvir nem ver os vileiros de conversa forrada com os vilões de conversa fiada

Nunca mais de nada

Tem pena ó de minha saudade ai ahlembrança

Por isso ahvivo esperançando o dia que para ali volto para rever meu diário dos dias-dias

Em mim, vive vivinho um vilarejo igualzinho-zinho ao o que eu bem ahvivi vivi

Mas estarão quase todos ainda todo lá?

Que não sei, mas que queria voltar pra minha vila pobre queria ahqueria

E assim, Tear das Vilas, alembrançando e esperançando, ouvia o clamar da casa por ele, um clamar amor, que lhe dava boas vindas coração, as imagens das últimas veredas, indo embora dele, dizendo adeus colina abaixo, não lhe saem, não lhe saem

Até o sol dali era vereda

Porque o sol

Porque o sol

Porque o sol

A rua dos diários

O sol era diário das ruas

Ainda havia o solzinho que iluminava as intenções dos da vila, fazia o mundinho deles se parecer com um barro a fazer e de longe os caminhos se pareciam com caminhos de crianças eternidades de brinquedo as colinas feito montes de lama barroco montinhos de sonhos as placas das vilas nomes irmãos as cancelas idosas pacientes

O sol ali nascia pequenos quadros remotos e doces

Enquanto Alamabo asseado beijava um gole da taça de champanhe gelado e Dolores dosava a próxima, o mundo baixo do alto se adornava em lamentos

Pois, os campos do alto eram estâncias diferentes, um tanto bucólicas demais para as arenas humanas, mas por outro lado por outra veia eram castelos taciturnos onde a noite repousava seus segredos e seus devaneios. Os campões dos altos eram pedreiras da vida escura. Pedreiras que anunciavam cores claras também. Se bem que sempre foscas.

Tear das Vilas lembrara-se de seu fecundo elo natal com o ninho que tanto o amaciava correndo como ramos por suas costas. Lembrara-se das idas e vindas de sua mãe a lhe trazer o alimento celestial. O comia com o bico acometido como se fosse verme trêmulo e como se fosse um pequeno segredo nas mãos do ninho na verdade oferendado ao alimento

Os dias-dias senhores os seguiam nos voos os dias-dias bem os acompanhavam de perto e de longe como se aqueles pássaros fossem pequenos filhos dos dias tanto é que Tempo Havido dos Dias com o passar do diário passou a passar proveitoso pelas casas a avistar as coisas cada vez mais anunciando o honorário das horas cada vez mais a enunciar a pronúncia dos nascimentos cada vez mais a renunciar aos proventos das latitudes para voar baixo peçonhento unguento garrento aviando sobre as casas da vila vilareija como um prenúncio da fome e do meio-dia. Fora ele quem arredara as sombras boas e trouxera a sombra vilã para aquele povoado esquecido no meio natal dos mundos. Fora ele que aviara um dia bem dia e anunciara o diário das horas das coisas dos segredos mais desertos e neste molhar neste sombrear passageiro e velador enunciara, com ares de prenúncio, o meio. Neste margear de sombras pelas telhas enunciara com ares de prenúncio o meio-dia. Anunciara, enfim, o diário das horas naquela vila. E as telhas viraram mãos ou mães para receber suas sombras, as sombras dos dias dentro dos meio-dias. Ele lavrou a ceifa. Ditou, com asas mares, com asas que velavam os tampos das casas, a ceifa da vida. O momento em que todos sentem a eternidade quieta. O momento que encontra as idades. O momento em que uma sombra passa pelo mar deserto das casas, e batiza os telhados com a fome, momento sagrado. Desde aí, o momento tudo de todo meio-dia se tornara momento monumento, a fome dos dias se tornara monumento. Enquanto o sol batia, cheio de senhor de si, rompante, rampante, enquanto o sol reluzia como se fosse um longo campo para as veredas de baixo, lá se sabia o que se tramava na noite dos estômagos. Enquanto o sol irrompia, como sempre fosse um campo inaugural, cheio de flores gritantes, cheio de besouros mortais, cheio de alamedas e caminhos de rosto de mundo, berrando com suas plantas e árvores batizantes, enquanto, sabe-se lá o que a noite tramava dentro dos estômagos, sabe-se bem lá o que a noite tramava dentro das veredas escuras dos estômagos, ou quantas várias noites se deflagravam dentro das navegações do estômago.

Enquanto o sol crescia como campo a se aventurar para lá embaixo da viva vila e do tão sertão, enquanto crescia no céu como uma torre cada vez mais intocável e fazia o céu ser cada vez mais eu céu, mais a noite segredava dentro das lápides secretas do estômago, contorcendo feito serpente das emendas e remendos, saracoteando, azul como oceano das almas, dentro das praias mais revoltosas, mais ali dentro daquelas encostas enseadas escadarias de mercado livre ela se esticaria, como os mares da espinha dorsal de uma serpente revoltosa maré fria das vontades dos confins

Naqueles confins dentro do deserto soturno e noturno do estômago as escadarias eram batidas de baliza em baliza pelas ondas de costas as ondas repuxavam-se como cordas fecundas e danar de segredos os elos dos ecos e se bailavam mulheres entre as trevas das vagas vinham elas as ondas bem mulheres como trevas verdadeiros castelos que vinham se demolir no taciturno das bocas de século das antigas e imperecíveis escadarias de paralelepípedos de fronte da água rampante e rompante vinham elas as ondas mulheres como trevas de castelos se quebrar nas beiras do calçadal diante das águas era misterioso como elas vinham como castelos, cheias de danças, vinham como castelos inteiros vagantes como fantasmas de tempo irromper nas bordas e se explodir numa demolição cheia de trevas entre estas trevas estas ondas de castelos que dançavam sensuais como colinas de noites havia os fossos as vagas entre as ondas que deixavam o reluzir noturno como a costa brilhante de uma treva sensual

Cada refreio entre as vagas cada relento entre cada onda era uma era de castelos vinham uns mais aumentados que outros mais altos mais de ponta e vinham sempre como danças danças que dançavam como danças uma dança que dançava consigo mesma uma dança em pessoa trazendo as alturas das torres como oferenda para as colinas das águas cada vazão com que aquelas trevas se demoliam cada vazão com que cada ela das trevas se erguia regia vindo como uma dança de pedras uma dança solitária uma pequena montanha fantasma montaria de águas cada reler das explosões era o sábio eco da sensualidade das rosas

Assim, nessa noite dentro dos estômagos, tão distante da provisão do meio-dia e do sol que mostrava seus campos no alto, estranho campo alto de flores oração, o baluarte do escuro se fazia navegar pelas mãos desconhecidas das ondas de castelo que vinham estourar como rosas esquecidas ou como trevas envelhecidas

Havia embarcações, pequenos barcos tremendos, sem nome nem pobre renome, que bailavam, riobaldos e sem dança própria nem imprópria, e homens, pequenos homens no chacoalho, que fritavam faiscavam peixes com olhos de perdão, e os peixes pútridos de tanta piedade, comentavam noites em suas bocas mortas

Mais além dali, o mar embrenhava-se pleno de ondas cheias, a maré chamava os vazios, como se clamasse pelos filhos perdidos, os peixes sufocavam a água com suas gulas por sonhos, o embate dos rebates das marolas se assustava com seus espantos, o campo das águas, tão escurecido, negro, pedia por flores, tão dormido sem as camas do fundo, aquele campo das águas parecia um longo campo perene, com suas veredas e suas várzeas sem cancelas, as ondas surgiam como plantas de repente cresciam como plantações, para sumirem, mal brochadas e ressequidas, no solo árido das águas, solo somente regado por uma longa sombra, uma alma morta que dava os ecos das ondas faunas, as ondas plantas então se elevavam para tão longamente morrerem escorrerem moles como noites pelo chão das águas, as águas pareciam vilas que se tocavam cada qual em sua penumbra, penumbra cheia de molas que escurece clareia entre o brilho algoz do sertão das águas

Aquela noite ali, como se fosse uma planície morta e cheia de soluços, era a maré do mar remoto que ficava de mote e de eco

Os peixes, naqueles estranhos campos de água, pareciam folhas boiando nos invernos da nó noite, muda e sem dar flores, viam-se perenes montanhas de escuro nas ondas viajantes, desertas mãos no meio do nada a cravar cruz a dizer morte dos animais que não sobreviveram suas secas mais molhadas, adizer "morte!" dos animais abandonados naquele chão infame e árido cheio das vigílias das nuvens abutres, sob a vigília das vagas, a imergir nos fossos das vagas, um peixe noturno, morto de saúde pelas águas, boiava naquelas aragens, molhado de adeus, afogado pelas palavras, cruz cravada no meio do campo, velado pelas bocas da água, a água lhe borbotava como a zelar velório, suas guelras abissais... a saber do mel das luzes da água...mel morto...ele peixe velado boiava m meio ao mel morto...vindo das flores nunca nascidas daquele campo fundo

Em noites tenebrosas dentro dos estômagos, quando das tempestades, o brilho da água oscilava como o céu dos chãos, os brilhos cortados com afinco pelas gulas da água faziam com que aquele campo das águas não conseguisse trilhar seus céus, a superfície reluzia seus céus mas seu chão ainda infértil não deixava de ressecar os brotos das plantas, o certo de tudo ao todo era que no meio da tempestade o céu do chão da água ficava intrilhável, cortado e recortado pelo apelo maremoto, o mapa dos campos da água era rasgado por toda sorte de mau-humor das comportas das tempestivas pestes trevas, o rosto da água dançava trevas, a treva do rosto do mar ar dançava, solto, mas de todo molde, o aspecto das águas era intrilhável, como é o de qualquer tempestade

Inclusive o rebu dos campos águas tomava quadros maliciosos que minutavam suas mãos com arqueja carqueja e safadeira que até os pescandos, os homens que se prestavam aos menores, a pegar peixes mundicos, se arre farreavam a se rir com amedronta dos desenhos cheios de faces na moldura da água, diziam dos ódios mostrados nas revelações das formas faíscas como se fogos se inclinassem para os pegar
Aqui tem forma de fogo arre ai arredio arreda olha como a onda se arreda toda roída de nós ai arre arreda olha como a onda se arruma para nós roncar seus ramos de mãos vem ela que nem paixão para nos rodear com suas garras ai arre rói ela com ódio de nós gentes corre que a onda ronca toda benta só para nos pegar de nó no pescoço ai arre arreda seu Remoinho que eu já me vou arrido, cheio de credo e espanto por essa onda que tá com raiva de dar nó, com raiva só de roncar arrombando vento

E o arrombando vento, como se escapasse de bucha em cima dos homens pequenos de menor tarefa só pra pegar os peixes mais bocós, lhes lambio lhes arroubando pro outro lado do barco, fuzilando a noite, depois lhes lambeu com uma porrada do vento, mas tão pourrada, que voaram que nem um monte de pernas finas que nem talos fracos um monte de alfinetes um monte bem mó de pobres palitos e o barco embolou nas águas que nem grito mudo perdido sem precipício nem apoio

— Puta que pavio! O mar vai apegar fogo! Chama o Antomio das Abas pra ele nos salvar!

Ai, o mar se rebente que nem bosque ninguém sem saber pra que caminho ele vai nem ninguém se saber para onde suas veredas correm bosque louco cheio de lobos cheio de mãos e troncos movediços

— Puta que pavio, vida palha! O mar tá de ódio bocudo! Chama o Antomio das Abas já agora já, pra ele nos resgatar das cobras das ondas !

— gruta que pariu! Vida puta! A gente não quer morrer! Arre de ti!

Ai, o mar se rebenta que nem floresta odiosa, fechando os trancos dos caminhos, ardendo as cobras dos trechos, e improvisando os ramos para o tropeço

O rebum das ondas, explodindo com alma, desacordava os homens, todos pequenos e os voava pela proa que nem pirinhas e as ondas de viagem os pegavam de rebote e os jogavam de mola nas pourradas das águas

— ai, pourra! Meu chapéu se foi, avoou, pra o mar longe! Era o chapéu de minha mãe! Vou chorar que nem sino, um triste pingo! Pííí...pííí

O rebum das águas fazia valados onde cabia certinho o corpinho dos homens mundicos, e eles dançavam nos moinhos das águas, e eram dançados pelos redemoinhos, os olhos giravam, parecia que tocavam flautas na águas, suspirando que nem pequenos tripinhas de medo, mentirinhas da vida, rodando e bailando que nem olhos vivinhos, adivinhando o próximo passinho do baile dês des desconhecido

Ô baile bom ô bom

— ai, tchau! Mãe! Me vou nesse furinho de água! Tá abrindo um túnel simpático pra nós dos bosques da tempestade! Lá deve de ser bom à beça! Ô caminho bom!

E se fui todos eles, nas charnecas com idolatria, com os furinhos na mão, mundicos amedrontados, bocós, engolidos pelos canos das ondas, para todo o secreto sempre, chorando que nem sinos, com a mais falta das sinceridades

Se foram, no fui dos furinhos, com seus olhos sem explicação, ignorados pela sebe das ondas mundos

Assim se faz um bom maremoto, um bom!...

Assim se rebela o mar a defender os peixes mundicos bocós

E então aqueles peixes pequenos a boiar nas paredes das águas paredes de campos entre as plantas das ondas lá no meio da mão da escuridão que declama cruz em nome dos peixes mortos desertos voltam eles a andar paragear a alontrar esguios pelas agulhas da águas como estrelas em direção aos diamantes

E pequenos brilhos se refazem, como a refazer o sol das noites da água, tão mulheres a mover seus castelos movendos que as trevas com que vêm de pedra em seus bailes de pedra se tornam danças amadas

Enquanto

Enquanto o sol faz campo nas casas de Vilarejo das Vilas, a noite se secreta nos estômagos como um rebando de pastagens sem glória ou pelo menos com a glória com o grito das tempestades

A fome é uma tempestade que quer matar as águas máculas dos campos escuros

A fome é somente uma sombra dos dias dentro do meio-dia

Ela é somente um voo diante da ausência de peso do vento

Vento tão dúbio, tão viravento

Tão vai vento

Que os relógios secretos nunca irão de ira dizer o que as fomes herdarão

O certo é que as noites avariadas se desvairam nos nossos estômagos, é uma paragem diferente a das águas, com seus campos matados, esteirados para aconselhar as veredas enredos, cada campo abatido e desnatado de plantas para revezar o vazio dos caminhos variantes é uma vagueza dos condimentos das ondas que regressam como céus cada vez que o replantio das mudas se aquece nos olhos

Cada vez que pensamos, disse Tear da Vilas, falando das vilanias das águas, se referindo à fome do meio-dia na trama dos estômagos, que pensamos que estamos ou que vamos ver o rosto das ondas elas se desfazem que mistério ah que misterioso

Cada vez que pensamos, disse, falando Tear, que vamos ver a primeira aurora das ondas, elas morrem sem pensar, sem mais nem menos convir a nós, nos lançando às dúvidas das suas ações formações

Cada vez que as ondas começam, o replantio delas inicia a formar a cara planta flor, elas arrebentam-se, levando com elas o segredo das formações do mundo, e esvaziam o tempero de suas rosas

Difícil entender do temperamento das ondas

Quando os seus sabores são os momentos

E quando o seu mundo é uma ida inviolável

Difícil achar os achados das ondas porque elas fazem a colheita de suas plantas antes de revelar suas raízes

Quando seus vens são recolhimentos de vestidos

Elas dobram-se sobre si mesmas

Dobram-se sobre seus silêncios

A vila das águas, como são conhecidos também estes campos mal floridos, é bem habitada por vagas, vivida pelas vagarosidades, trazida aos olhos pela morosidade, cheia de plantações de ondas e terrenos áridos, como aqueles onde os peixes bóiam mortos feito lacres da vida. Pois uma vila é um lacre de vida, uma casa de segredo dos sertões.

A soberania de uma vila é sua alma, que a marca como uma sombra, como as conversas sob as sombras das casas e a seca das almas.

A vila das águas se comunica com a vila dos céus.

Pois o que nasce é o chão, do qual todos nós somos filhos. Seja o chão do céu seja o chão do mar tudo é chão das almas. Mar d'alma. Céu d'alma. Tudo é sobra tudo é sombra que navega na direção dos sóis da vida morte. Sertão certo dos caminhos, mar certo dos caminhos. Caminhos para caminhos. Que o mar do sertão se estende adiante com suas ondas de árvores secas. Que os mareios das colinas sobem e descem diante dos olhos que andam. E se calam em lento silêncio.

Com os campos das águas não é diferente.

Lá, nestas vilas, também as ondas vêm vilãs. Habitadas por peixes.

Lá, as ondas ditam poemas silenciosos. Tão silenciosos quanto as asas ditadas pelos urubus. Pássaros.

Os urubus vagam como as ondas, mergulhando as sombras em cada curva de água dia. Aros pássaros. Pois como cíclicos passam por dentro de seus apropriados círculos.

Lá, nos campos das águas confins, lá nestas vilas, o povoado dos peixes boiantes fica de curta conversa, de verso diário com as águas que bailam como plantas ao vento, as ondas bailam como o vento, a voz dos fatos. Lá, as águas sobem e descem como colinas. As águas ascendem e descendem feito veredas, vilanias, valas da vida, falas pelos dias, facas do tempo.

As águas se entortam como caminhos peregrinos, elas se elevam como esperanças, uma onda é uma esperança. As águas se dobram feito folhas, seus folheados logo se curvam, como uma elegância secreta, como um como, como um jeito. Puramente jeito. Uma curva de mão. As águas se dobram feito folhas e cada folheado em sua tortuosa vereda segue para um caminho que se cala em meio a outros caminhos que bifurcam, trifurcam, que se avariam valiosos como uma combinação de palavras. Cada tortuosa vereda de ondas se corta, entrecorta, triz corta. Cada intermágoa das ondas que se diz caminho negado por outras ondas é um sim eterno entre os caminhos delas todas e seus nãos são somente contornos bastante jeitos, elegantes ornatos de sabedoria. As ondas se dobram, se jogam, desmaiadas, mortas, para o lado, como um cabelo vago, vasto, vão, que nunca se gasta, elas são um silêncio que ecoa das sombras. Um eu dos sons.

Cada onda abre as avenidas, as ruas, cada rua mar é habitada habituada povoada povoada pelos peixes que passeiam nas bóias das ondas e da maré. Os largos são redondos como largos. Povoados pelos voos asseados dos urubus, cheios de vens leves, de vous calados, são belos os andares das pedras. São belas as pedras de cada rua mar, cortadas e afiadas como as ondas baleias, que sobem bailam dizem o algo das coisas vagas e livres e mergulham marolam. Nestas ruas, nos seus diários, boiam paus, lanternas e escamas foscas. Elas germinam dos solos da água. Benta como uma paragem. Lenta lenta como uma aragem.

As sombras que as incidem os urubus, estes ficam de maragem e aragem no largo dos campos do céu, ficam a significar. E nada mais. Ficam, vilões, varando o céu, escuros, insípidos, amplos, só cortando as ceifas e fazendo caminho árduo entre os sulcos do solo céu.

A água, pois, nestas avenidas de água e alma, é um solo árido, ainda que, pois fértil e cheio dos ouros do horizonte, aqueles pequenos ouros prometidos da era promessa dos caminhos secos pois. O solo dela água água é também arado pelas ondas ariado pelas sombras. Os urubus deixam suas almas na bandeja da água, passeiam pelo largo largo das sombras. Convidam suas sombras para as águas aguas.

Deliciosas vilas, dizia Tear das Vilas para Precipício, os dois filhos únicos dos céus. E neles a alma de uma vila vivia. A lembrança materna de quando nasceram. De quando foram defecados das suas mães, que tanto os amavam e aveavam, e rezavam, com as asas em mãos.

Os voos, as decolas dos urubus aves dos pássaros eram passeios pela vida das sombras. Certos voos eram agudos, pela água, afiados como fendas. Aviavam admirados, dentro do esgoto do escuro, dentro das bocas do escuro. Dentro das almas do mundo. Voavam plenos. Faziam largos com as asas. Esticavam as praças de seus voos. Vinham com ares de rua. Alagavam suas abas fazendo ruas. Voavam com jeito trejeito de vilas. As suas voadas com seus bicos esporas, as asas escórias, seus tarsos mancos, suas penas impróprias eram vilas em pessoa. Vias, vilas de palavras. Quando ficavam em via, para as posições das muradas, vinham para convir com as fachadas. Nunca se sabia se eram as casas que vinham até eles, ou se eram eles que vinham para as casas. Se os telhados os recebiam, ou se eles recebiam os telhados. Aravam, arteiros, como quem plana com má índole, no mais óbvio dos escuros, escuros sem-vergonhas, ralantes, marejantes. Vinham no avoo mareante, bambeante, tinham a silhueta de telhas deitadas, cabiam bem nas costas danadas e mortas das telhas, paragens esquecidas, campos de relentos, manhãs mortas.

O em dia de seus pousos com os telhados e calhas, enfim o encontro das duas águas, era eterno, tinha o aspecto de um elo mero, simples, levelevitante como uma folha.

Mapeavam a carne bem de cima, em voos sobre a vida, viajavam pelas sombras mortas das coisas.

Nas vilas de deserto dos tãos sertões, tudo se elegantemente se conde esconde nas sombras, o rosto fechado do vileiro que prosa o diário, as lembranças das casas que se calam debaixo de curtas e severas sombras, as torres de sombras das varas, dos varais, que se esticam pelos terrenos do solo só, como se fossem agonias mortas. As pessoas pássaros que falam e se falam com sombra. E também se calam com sombra. E dormem e acordam com sombra. E comem com sombra, com os chapéus tapantes e debruçados sobre os pratos minguados, pareciam também bem comer sombras. E andam com sombra e andam como sombras. E duvidam com sobras de sombras e vivem e morrem com sombras. E rezam o silêncio no comsombreado das casas, as quais se ligam de duas em duas como uma parlamentação da morte. Até as veredas os olham de longe com uma certa sombra nos ouros de seus horizontes. Olhar, pois bem, o horizonte, era como olhar com ouro o infinito. Olhar o horizonte com ouro. Os olhos eram seres de ouro. Os caminhos perdidos eram como olhos de sombra.

Os urubus, dizia Tear, voando nas suas lembranças do após de ter deixado Vilarejo dos Vilões, viajavam pelos desertos das suas almas, com a agonia das horas da barriga da fome, que tinham o chão por mesa, os talheres por bico, o couro dos papos por lenços, a agulha dos bicões por facas tortas e podridão por molho, voavam ambiciosos por esperanças, por uma carniça esperança ou por pequenas lembranças dos peixes ou pequenas lembranças de buchos murchos. Carcomiam as iguarias com igual sabor, as bicavam com agonia sofrida e danada. Com as nuvens por janelas a alentar sobre a aurora do meio-dia, nas folias dos seus diários

Quando comiam, eram totais, comiam e degustavam o eu do sabor, o sabor dos sabores, o animal era delicadamente carcomido, atacado como fonte das penitências, eles os urubus pássaros aves vinham penitentes, a corromper os fartos segredos dos buchos fartos, arteiros e maliciosos, sinistros e sofridos, batidos e banidos, assustados e impiedosos, sombras e catões, com os bicos a apunhalar os cômodos da casa carne casa. Violavam a argue carne boazinha boa, desembuchando o milagre da vida ida, e o milagre inicial se tornava uma oração obstinada e assustadora, a revelar as contrassaídas da carne tombada. O vazio era plantado dentro da barriga ave-aberta dos peixes, e o nada era a eles confiado como a miséria das eternidades.

Porfim, baniam a carne da face rosada da Terra, só deixavam as minúcias, vestígios de uma passagem no meandro do chão firmamento, desmantelada, confiada com carinho e sabor aos poços indignos e inglórios do estômago, verdadeiros calabouços onde a carne bóia sem vida, distraída e cheia de baile, sonolenta e violenta. Os encargos do estômago eram cargas milagrosas que eram adotadas pelo escrutínio daquelas bolsas repletas do ouro da fome e a abastança pesava no banho das bílis.

As sombras eram, na vila dos desertos de tão sertões, almas que sobre viviam pelos rios de realidade. Elas se escamavam, com calma exclamação, como rios de realidade. Tortos e diários, passageiros e hospedeiros. O sonho das valas diárias se hospedava nas sombras, trilhos da vida. As cercanias se cercavam, umas das outras, em vagas cada vez mais esticadas, longas. As sombras tinham o precipício da solidão, seu abismo infantil, calado cego. Quanto mais caladas, mais fundas profundas, as sombras. As sombras, as sobras das vilas da realidade.

O vilal, o vilal. Como dizia Tear das Vilas em uma de suas grandes poéticas, ele era um tenor das palavras, contava o canto das palavras, surdas e falantes, próprias. O vilal,

Dizia Tear das Vilas para Precipício. O vilal era a impressão de castelo que a vila do tão sertão dava, tão alta em suas alturas de postes e paus e varapaus, e tão variada e avariada em seus baixos e altos que mais se parecia com uma vagueação dos dias, parecia uma mancha de solidão, cheia de armações paus e panos, um sobre sob mundo, uma extinção de palavras, a morte das falas. Olhe para Lá, é o Vilal. É o Vilal aquele covil de sombras ali ali onde o mundo é mais mundo, mundo apeado nos paus, armado nos paus nos varais das casas, ali o mundo está pendurado nos telhados sem mundo, ali a solidão nem cala nem fala, ela se reza.

Ali perto bem perto havia o havia de dois pássaros pássáros muito estranhos, talvez ah... talvez dois irmãos da solidão que conversa sozinha seus sonhos secos e murchos ambos estes pássaros passaros eram dois abutres, cochos e indolentes em seus dias ainda nunca começados, eram os dois abutres dois muros que estampavam a falta de hora das solidões, tinham feições de deserto, eram ressecados e cheios de calor, e desrespiravam, desanimados, frouxos e mortos em suas poses de pouso morto.

Tinham, argumentados como estavam em galhos distintos e desfolhados, banidos das folhas extintas, os olhos tristes, pingados, arregalados e feito discos de água seca, eram olhos de eras, largos e esquecidos. Olhos que se pareciam com lagos reverberados. Os bicos pingos. Como se fossem capciosos e comedidos, do tipo dos pássaros mesmo, como todo e qualquer um pássaro único, com seu bico meio pingo, cauteloso, cheio de tutelas. As penas encolhidas e as asas, recolhidas. Em sinal não de cruz mas em sinal de sinal, de cruz significada. Ficavam a significar-se em cruz, a significar o significado.

A árvore, tão tolhida das folhas, parecia incrédula de tanta alma, de tão vazio e sertão. Suas sombras sobravam pelo chão como desperdiço desmerecido, de tanta cruz que significavam. Eles, eles os dois acatados nos galhos como figuras de uma vila, vilões e francos, segredos e mortos para os aléns das realidades. Inclusive ficavam de além entre as filas dos galhos e ramos mórbidos, gastos pelo calor calor de dor. Vadios, dormiam em nome e honra das horas abandonadas, vastos e castos.

O nome, tinham sim. Ó não.

Porque eram estranhos, os nomes, ó não. Como suas faces de solidão tão face, tão rosto. Que pavor, ó não!

Vasto e Casto, seus nomes ó não. Vasto Rúbio e Casto Arrábio, nomes tão bem feitos e caídos para quem possui olhos alagados de solidão, de solitariedade, olhos de discos. Rios reverberados. Rios assombrados. Seus olhares, tão fixos, eram assombrados, um tanto desgraçados, olhos agarrados nas vilas da realidade sem rio. Nunca falavam.

Nem nas noites mais putas. Nem no diário mais falante das vidas.

Somente que. Somente que Vasto Rúbio e Casto Arrábio se afeiçoavam a significar-se em cruz, tão lagos. Tão vagos. Mas significados.

Precipício mesmo, pouco claro em suas explicações, dizia que ao passar por eles, nada falavam, nem confiavam ou se algo confiavam era a cruz dormida da solidão. Ficavam de muro. A peitar os olhos.

Faziam crer que há crer. Faziam crendice com seus costumes nos galhos, tão parados como jarras secas.

Faziam crer que o deserto é um longo coração e que o coração é um longo deserto. Habitado por várias almas. E que as almas eram caminhos de chão, trilhas. Que as almas eram o chão dos caminhos, que as almas eram os caminhos. Os varridos do vento. Ficavam. Campeados. Nos galhos mudos. Feito tristezas, aéreos da realidade.

Ficavam, encolhidos em seus costumes, em seus penados habituais, num eterno sono. Faziam feições abatidas, reclusas do calor, ficavam pronunciados, sem mais nada dizer nem afiar com os bicos pingos, enquanto o ar era não branco, mas amarelo opaco, e por ele o ar parecia, uma névoa de calor fantasma transpassava os galhos, como uma esfera de vapores, cujos trilhos trafegavam com condolência e cemitério, ar morto e de sonho que passava por eles como um cortejo, enquanto, enquanto eles os abutres, eles ficavam perfilados, desanimados, mortos naquela realidade de vapores dissipados, enquanto, enquanto os gases atravessavam, cortando os galhos, como como vilanias, agouros, eles os abutres de olhos arregalados e de disco e rio avassalado pelos desânimos reapareciam aqui e ali entre os vácuos e buracos na névoa, como se fossem revelados, como se a tristeza natal deles, tão carnais no texto daquela realidade, como se a tristeza natal deles se anunciasse e morresse num só fio de visão. Estavam confiados, prometidos à sua morte eterna naquele sonho jamais nascido. Estavam prometidos àquela árvore, com a terra dos seus corações tão triste e tão bem amados pelas árvores sem folhas, pois a tristeza era sua mãe e ama-seca, ela os nutria com a delicadeza de sua falta de palavras.

Alguns sonhos só crescem, só dão planta nos desertos. O amor da mãe tristeza só pode crescer suas mãos de estranho a solitário afago nos chãos perdidos e há muito já mortos dos sertões do tão deserto.

Precipício se lembrara deles aqueles dois abutres, que ficavam assim pronunciados, mudos, de sinal para os que passavam por aqueles lados ao lado de uma casa quebrando aos pedaços, com aspecto natal de mau-feitores, mas no fundo mal-feitos. Eles dois, irmãos da aridez e da casa que pregava o calor, tão vaga e calma e nas ondas do abandono, eles dois, Vasto Rúbio e Casto Arrábio, pregados nos galhos tronchos e como taças de morte, tão revelando errados caminhos nos olhos, que não era bom olhar-se para eles ah não era não.

Toda vez que ele, Precipício, passava por ali, lento, os via de relento. Avisava e pregava o bom hábito sábio que ele devesse apressar o passo e não olhá-los, nem tomá-los por guias de caminho, pois seus olhos, tão rodeados por trilhas de reverberação, circundados por vários circundados dentro da pupila já mórbida e cajada e abatida, olhos que se desmanchavam, borrando os rostos como água vazada, eram olhos de mau caminho, de desaviso, de desfavor. Por favor, era avisado Precipício por seus pressentimentos, não melhor não os olhes, pois seus olhos já não têm caminho já não há mais o que insistir neles meu filho, não seja tolo nem teima em mirá-los, pois deles já não vêm mais nada de recados, nem de bons mapas de caminho, nem explicação de trechos, não sejas teimoso meu filho, seja em frente, falava-lhe a boa a mãe intuição.

Sim, não seja teimoso, tá? Estás já quase crescido, meninozinho tolo. Segue o caminho para tua casa, para tua campana lá no para-lá de tua paragem, ou então para um pouco, sim? E conversa com umas das senhores da vila a fim de passar o tempo do sol, sim? Mas por favor, não os olhes, pois naqueles olhos a vida não mais lamenta nem pulsa, eles estão ali porque são perdidos, escorados na tristeza, e vão te dar caminhos testemunhos errados da rua deserta para tua casinha. Meu filho não seja tolo, tá?

Assim a intuição dizia, velha senhora lábia e sábia.

Pois bem afinada essa realidade impressão por Tear das Vilas, quando ele diz, consumado, sério que nem bispo, que é aviso de ruim. Que dois abutres, desanimados, e apregoados nas có-covas dos galhos de uma árvore desfolhada, hibernantes, com olhos fixos na solidão, não representa coisa boa, não, meu filho. Em suma, que dois abutres assim já não é bom caminho. Já não tem mais pé. Que dois abutres bastam para se avisar numa árvore seca que para ali não tem mais o que se ver nem se ouvir falar. É o fim do bom.

Pois a solidão, quando se trata e se releva de deserto no tão sertão, dizem as más línguas, é o que diz a provisão, a solidão ai fica de olho em quem passa para poder pôr no saco quem esperar dela bom agouro, que ela engana bem, fica que nem placa, com cara de mapa, avisando e avistando o bom caminho, o mais certeiro. Mas é pura jura. Só bafo do vento. Ela fica de placa, fazendo cara de mapa, pra sinalizar o chão largo, para prometer para bem longe o bom traço, o tão amoroso caminho certo. Mas é puro amargor, puro simulacro, tão logo tem quem a vista à mão, se torna mãe dos agouros agoniados e ensina a amá-la. A solidão quer encontrar quem a acolha, quem a tenha nos olhos, quem a contemple nos seus templos mais confinados, tempos mais confins. Assim, quem ali perde o preciso tempo de mirá-la nos olhos a crer no tal da placa, na forma de mapa, na estátua de mapa, crê em seus maus sinais. O tempo passa, nada acontece, a árvore se entristece mais ainda e mais ainda, os olhos dos pobres dois abutres um fazendo companhia pro outro, na verdade se fazendo solidão um pro outro, estes olhos mergulhados na aridez da solidão, na aridez dos vínculos ossudos da árvore, nada dizem, nada dizem, é o que diz.

O hemisfério cemitério da névoa os corta, passa como uma lembrança de coisa nenhuma, a seca da tristeza. Eles, os dois que se fazem solidão um pro outro, se acanham, mais e mais e mais entristecidos e falidos. De coração murcho. Cheio de azeite do calor. Cheio de vazios embotados. E se abispam, sem nota prévia de seus sentimentos. Suas menções de bicos comungam, consumadas, caladas e mortas para sempre na respiração da solidão, da solitariedade. As gotas de calor correm, reguladas. A casa ao lado, podre caindo aos pedaços de tanta tristeza e amargura, amarga-se em ossos cada vez mais fracos, seus juncos se descabelam, estropiados, a madeira se coça, sem moradores, arredia, o estropio que sai da madeira antes reta feito arrepiação, se espiga como criação, como mãos em levante, atrevidas. Quando uma casa assim se abandona à tão deserta solidão, fica ela atrevida, que se rebela contra as linhas retas, e libera uma fecundidade não muito boa de coração.

Meu filho, passa direto, nos os olhes, estes mau-sinais, eles vão te fazer ter vontade e coragem de morar naquela casa, tão encantado ficarás com seus olhos de tristeza faminta, vão confiar-te a realidade dali, ai, passa direto, não sejas teimoso, sim? Ouve tua mãe que sabe das coisas e não faz nenhuma besteirinha, meninozinho tolo, ainda não sabes de nada, sim? Passa direto Precipício, sim, não sejas bobinho? Está até derramando o alimento em cima da mesa, meu filho, não te ensinei?

E Precipício, eu, passava, meio de lado, rasteiro, com passos baixos, a vigiar aqueles olhos que não olhavam para nada, que ficavam de placa, placa oculta, dizendo da direção errada, coisa ruim ruim que só vendo, eles ficavam sendo nos olhos, sem nada enunciar, a não ser uma posição de pronúncia, e se emudeciam pronunciados, a enxergar com pouca luz os passas contados de Precipício, menino tolo ouve tua mãe sábia, não faças com que os olhos daqueles dois tristonhos existam para ti, passa num só pulo, sem correr, é certo. Mas, enfim, te apruma, te ressabia, atravessa essa pequena terra estranha da fronte da casa com andar de pingo, só dois, para chegares pro outro lado, sai desse terreno infértil da solidão que se lamuria e te quer para ela.

Tear das Vilas bem dizia, confirmado e consumado, num tom de tom miserável e sério, onde tem dois abutres e árvore seca não tem caminho bom nem certo. Que aquelas duas múmias naquele mausoléu eterno das árvores entre o passeio da névoa entre as névoas e sob o assunto da casa pau velha de dois andares e mais algum que insistia em anunciar o tom vilão da casa, enfim, em se cavar, a casa pau velha, com insistência, um assunto, perseguindo para o único caminho, quase a comungar para viver na madeira corroída sem memória nem folhas, sem o véu das folhas. Os olhos dos dois comungados no silêncio do calor por vezes lastreavam e lustravam, num pequeno raio infeliz, como se fosse uma poça sem fundo, e isto dava pavor e amor, pois aqueles eram podres solidões, princípios de noites, atracados nos galhos, matreiros, amarrados nos novelos daquela realidade de mar peçonhento, a névoa os castigava com seu passeio, na verdade casava com eles, pois enquanto passava por eles,

eles também passavam pela névoa, sem se mover, estes dois avisos. E quando da trégua do vapor, as insanidades dos movediços dos gases se atreviam com corridas fúteis umas entre as outras numa criação fantástica um tanto diabólica uma arte dos vapores todos velhos se passeando sábios formando quadros queixos rostos caminhando para faces, faces de vento, e abaixavam, caprichosas, e subiam, elegantes, a meter medo fantástico, saboreando sua própria lógica, emancipando o terror, soltando o cabo das certezas, ficavam, magníficas e dar voltas belas, a se circundar, deixando a visão indignada de tanta criação e preguiçosa vibração, a sensualidade das voltas do vapor atrevia a vã razão, trevosa e feminina, até que o rebuliço voltava, se inchava, as coisas sumiam no bolor da nevoada feito mágica, se viam somente as pontas, ai, as pontas dos bicos, pontas de galhos e ramos, uma janela, olhos em meio ao sumiço provocado por aquelas nuvens rasteiras, tudo tudo tudo reinava entre os reinos dos gases como se fossem estátuas amaciadas por vapores, sumidassurgidas, até que enfim quando se pensava que era a igreja da névoa que fazia sua procissão horrenda na verdade quando se dava uma volta no olho na verdade se revelava que eram os sarcófagos das coisas paradas que atravessavam a névoa, não ela que os atravessava não, que quando da trégua, se revelava a pobre face dos dois abutres medonhos e tristonhos que pareciam transpassar, hipnotizados, o véu da neblina, se revelavam, saltados, para quem os vira de tamanho repente, ai couraça do medo, ai daí meu filho, ai daí rápido, sai daí e segue sem os olhar para a vila, abandona este terreno vilão, esta casa ali em cima com tom vilão, segue rumo ao vilal, pois as torres dos varapaus já te acenam com uma saída deste agouro, a solidão quer que tu mores na casa que sempre espera alguém, segues em reto Precipicio-zinho meu filho tolo teimoso.

Quando Precipício, eu, se corria trambando, para sair dali, e errava muito errado, ia dar num pequeno jardim, ai tinha que ser um jardim da forma daquela solidão, não podia ser nenhum jardim jardim belo e ensolarado, à razão das flores e do verão. Não! Era um jardim esquisito ai, um jardim esquisito "ai, amor!", uma coisa feminina, sem sol, cheia de noites, véus, glamour, chamariz, fonte de amor. Quando Precipício se virou viu com olhos a coisa toda encantada, não tão inocente, em dois cós um roxo outro lilás virar e curvar as costas e o chamar por psiu, viva, eram duas plantas, minha mãezinha, que me acenavam e ouvi um som de algas, como se elas me chamassem como sereias, mas eram costas belas, sem olhos, que se viraram para mim, disse Precipício, eu. A-m-o-r... foi bem assim que me clamaram...as duas costas. Fiquei com um eco bifurcado nos ouvidos, um som de terra na alma, como se aquilo viesse das raízes, ai daqui, ai daqui, que estranho amor. Ai daqui, já me vou, a ouvir minha mãe natal.

A solidão é terra estranha, Precipício. Disse Tear das Vilas. Ela tem coração. Nos quer. As paragens são terrinhas estranhas, quanto mais longe forem. Estas casas abandonadas, carcomidas, com caruncho, desejam-nos visitantes, para pisarmos silentes no soalho que cede e deplora e se lamenta a cada peso. Não é de bom grado seguirmos os quintais dessas paradas, elas são muito amorosas, nos seguem com os olhos, como as plantas, enquanto a névoa nos celebra, subindo feito espuma de champanha, as rosas e as plantas se contorcem sem que saibamos e nos olham em nosso desfilar, nos desfiladeirando para o abismo de seus corações tristonhos e dormidos, até que passamos de novo pelos abutres apegados nos galhos ramos secos, estes nos mapeiam, ociosos, e até parece o lugar sem ofensa nenhum, inofensivo muito bem inofensivo.

Os dois lá, ah os dois ali, só de deixa, a malear quem os passa, faziam olhos de passarão, tanto o verbo quanto a ave, prometendo caminho, mancados nos galhumes e galhofes, as penas tão secas quando cascas, os olhos tão medrosos e molhados quanto uma lágrima grande. Vê bem o que aqueles os dois podem fazer, e qualquer coisa te atreve logo a fugir fuguetear daí, ai aí, ai daí.

Ficam a pouco de ti, te sobreolhando, minguados, com as pálpebras pesadas, calamitosos, a visão de ai-credo. O odor azedo se esvai feito fumaça em meio ao centro, te atalha, minha mãe diz, condiz para outro caminho, para outras pedreiras, que ali onde os dois nascem para teus olhos só há castração e só contém injuramento. A senhora solidão, tão tamanha em suas súplicas sem volição, te requer no seu terreno, te pede, mas pede que dá dó, ela te faz cama com a cruz da calma.

Acorre, azedo, meu filho Precipício menino urubu pelota, tão tolo, tão catingueirinho. Foge dos olhos daqueles dois abutres esquecidos na planície das almas. Daqueles dois que te nascerão para ti que nem mapa em cruz, que nem placa posta com sacrifício, na bifurcação do sertão. Onde uma ou duas sombras se prometerão de fome, ali lá longe onde as poucas árvores falaram: aqui só há terra para o ninguém, nem tente que plano sem vida não tem chão, falam as horas do deserto. Que míngua é coisa da morte e que abutre solitário zela por perdão e fede à lua, um cheiro bicheiro, odor de pedra queimada, sabe lá nem o quê. O certo é que lá na planície das paragens passar por eles é posar passagem, não se passa tão rápido assim, sempre se passa com conquantos, com meneio nos passos, meio meio que arrastando os olhos pelo perdão do solo, e se eles meio que nos olham com capetices, repletos de arredo e penúria, é porque se sabem. É porque sabem da lonjura das terras. É porque sabem dos ócios esqueléticos das árvores. É porque sabem do atrevimento dos contornos e curvas, e também das poucas plantas que se perfumam de sonho para poderem poder algo ainda.

Se tu atinas com o caminho, se tu obedeces ao teu trechinho para tua cônega casa, te satisfaz em passar por eles, que se aplacam como mapas perdidos, tal filhos do embuste, nas coroas das árvores, passa com uma séria pressa, para poderes não te enamorar da solidão solitária deles. Disse Tear das Vilas para Precipício, consumado de tanta platitude e austeridade já há muito herdada. Claro, catingueirinho, disse Tear: tu passas como quem posa passagem, mas é só para que tu andes ao compasso das paragens. E para que tu vejas ao longe teu lugarejo, o vilal. Se te passas sem apreço nenhum, como como podes honrar teus olhos tão sacramentos? Então haverás a vila, o vilal. O pau central, com suas mazelas, seus bandeirados já rasgados, seus fios já puídos, no início do povoado vilão, te reconhecerá, tu, filho dos céus de veredas. A sombra em soma se esticará até tu, para te chamar pelos pés. Tu rirás, criancinha, cheio de ouros nas fantasias dos olhos. Pisarás no solo pueril, contente. Talvez ali na vara esteja estará pousado um urubu, Aldeão, o velho vigia, coceiro, que se fustiga com o bico ancião, e mais se coçoca do que vigia os inícios do vilaril. Sua visão, é realidade, vê de longe. Mas vê mais os comícios do vento, as palavras levadas pelo tempo do deserto, do que a carne das plantas ou do que o mar das colinas de sobe-e-desce ou a morrida das montanhas, para onde tudo afunda por detrás do horizonte magro.

Aí então, Precipício se lembra bem, me ocorreu a correria de um pensamento, me sentia um molequinho do avexo, desses que só voltam com cheiro ancestral de ninho, com cheiro natal de lama. Não vinha fedido à lua, não. Mas vinha com catinga de poeira, com marca de chão, com pose de corrida, com alma perdida na rua. Minha vila vilã me acenava, com mão nas aparências, com aceno dos varapaus. Via meus amigos vileirinhos cada um em seu covil de conversa, de pouco papo. Isso, quando eu passava, rasteiro, posado, mas sem parada, pelos dois irmãos que se faziam solidão um pro outro, Vasto Rúbio e Casto Arrábio. Então antevia minha paragem, as quintas, as pobrezas das casas, casas arfando de calor, debaixo das formas mal desenhadas e debaixo do supor das sombras, que queriam, mas não conseguiam ser ninguém.

Ficavam os dois lá para trás, no arado do silêncio

Tempo Havido dos Dias passava, de longe, unguento como sempremente eterno, pegajoso com suas garras anunciando a ceifa da meia-fome, o meio do diário. Seu traje, escuro e vertical, como nós chamávamos, era seu costume. Um costume que tirava faísca dos telhados, voava sobre as telhas coçando-as sem querer, e esta roçada tirava uma lúcida e leve pinta do tijolo, sua tinta cor da cara da poeira. Era hora da fome.

Bem me lembro que me aproximava da vila e a vila me sorria com os postes os varais e os paus das sombras, que ficavam a meio-pau do chão, espreiteiras. Acorri, azedo, enquanto havia os urubus que ficavam de saber nas pontas dos varais, talvez a esperar o sol os avisar de volta às casas. Talvez também para tramar o almoço.

Ficava respirando azul, vindo e tendo passado por aquela casa abandonada nos meios do deserto onde os dois abutres plantavam a velha senhora solidão, chocavam a tristeza das terras esquecidas nos colos das árvores desarvoradas. Lembrava dos olhos para os quais, seguindo os presságios de Tear o poético, evitava mirar. Eles tinham um mal-logrado, eram ruins ruins. Também porque eram a alma das horas mortas.

Precipício ficava a ficar, parado enquanto o sol enunciava o suor das águas, águas que vinham dos bueiros de estômago dos urubus. O vilal cheio de varais e panos e casas de barro e quintas rasteiras vivia, morto, no calor do árido, no caloroso segredo das portas, fechadas para o meio-dia inaugurado por Tempo Havido dos Dias.

As faces, por detrás das portas das sombras, pediam passagem, para poderem mostrar seus mundos, mundos de rostos, espremidos pelo calor requente, pequenos minúsculos tracejos do semblante saíam revelando-se, de miudezas em miudezas, para fora das portas de sombras que encerravam as asas faces, as sombras faziam telhados nas caras dos vilões, pequenos mares de silêncio enchiam-se nas covas e covinhas dos vileiros. Vez por vez, um vileirão, fanfarrão, achegava, arrastando, e trocava bons dias zombados, bem zombados. De porta fechada, no entanto, de rosto fechado, acenava pesares para outros vileiros, e assim se falavam uns com os outros de portas fechadas, de faces encerradas.

O pequeno parlamento de dois ou três outros vileiros chiava uma conversa, embotada e coçada pelo dia, diante do calor basto, arrefecido, meio-gritante sob o sol assemelhando uma senhora em chamas, com as bordas dos vestidos bárbaras de tão vermelhas a se avermelhar cada vez mais mais a cada giro nos ouros azuis do céu. Este pequeno parlamento, encatado nos fios de um poste, se empunha, em pouco vigoroso colóquio, com pequenas e curtas ditas sobre a meada do dia. Espiava o passo de cada um zinho que por ali transmitisse os andares com arrastos que escavavam curtos raspões de poeira, ou, se diria, da fuligem das calosidades. Passava por eles, encaroçado de tanto pernar, e era por eles aprovado com pronúncia, ao qual eles dois ou três sucumbiam com um leve topar de pescoço, um balanço de reis, que o assemelhavam e o assumiam como uma sombra sobrada do sol, pois era isto que era e existia.

Depois de emular um fio de conversa sobre o nada, chateados, se soltavam dos fios, os fios se balançavam, como a tensão das ondas, para deixar vestígio de seus parlamentos. Revoavam, nas asas paralelas, para um horizonte não muito longe, logo nos alicerces de uma casa alta, e dali cortavam voos para outros confinamentos dentro mesmo da vila, como se fossem minuciosos segredos do dia.

Tear dizia isso também, que o segredo de nós, os urubus, nas nossas veredas, e nas nossas vilas no fim do nada, onde nascera a primeira curva do vento, e mais, onde o vento nascera, besta que nem proveta, dizia isto também: que os senhores mais aldeões de Vilarejo das Vilas, aqueles com mais estórias diárias para recontar, nos confinavam suas estórias de tanto mundo sertão como dores, como espúrias, como dós. Dizer da verdade é o confinamento, o sacramento a que todos nós estamos sujeitos. Porque neste arado, por onde arrastamos as asas, é uma longe planície onde o sol nos repete e repele, na qual o ouro do horizonte nos acena com as colinas, e uma infância lá longe parece uma nova terra encantada e de difícil acesso, talvez por ser encantada mesmo e por ser um sonho celebrado. O que têm os velhos aldeões a contar, vileirões, são só o doce trajeto do calor e da fome no deserto de onde só levamos nossas asas, as quais são tudo.

Nossas estórias de diariação são só confinamentos, o linguajar dos urubus é um sacramento muito precipício, mas lembremo-nos de que a vertigem é a melhor das liberdades, melhor que a morte. Eu sou um linguajeiro, viajado nas palavras, e digo: o vilal me acende a alma de calor quando o antevejo: ele é o quintal de minha alma que ama só nos quintais do mundo.

Mas aí é que está, seu verdade: disse Tear aos outros que perfilavam, cochos, nas muradas de um prédio, já longe de suas vilas de infância, e estes outros, que opinavam com os pescoços, filavam, cautos, para ouvir o trajeto das palavras, o séquito das palavras, para escuta dos ecos advindos de Tear o poético, ou a asa poética. Mas aí é que está, seu Zé verdade, dizia ele a todos: nas nossas vilas antigas, em Vilarejo das Vilas, não éramos chamados de urubus, éramos senhores, desses de acatar no passeio, de honrar com a cabeça, de respeitar os ensinos, éramos também crianças doces, criançazinhaszinhas, pássaros putres, com odor de dor, respeitadinhos em nossos ninhos, e em nossa vila muito queridos e respeitados pelos senhores aldeões, os quais nos viam como sombrinhas, sombrazinhas, vindos do mesmo ovo deles. Então entre nós, nas vilas antigas, aprendemos, todos, os senhores e os molequinhos pelotas, que a vida é um ovo, uma onda, uma dança, um baile entre duas asas, e não sabíamos e nem mesmo ainda sabemos o que os homens têm que se afligem, para nós prédios são árvores secas, os rebordos das igrejas são praças, os telhados são arados de deserto, nós não vemos as coisas, nós simplesmentemente vemos.

Lá, em meio ao povoado, dizia Precipício, eu era gente decente, formoso, menino fazedor. Quando escapulia, a ir extravasar o deserto, passar pelos dois abutres irmãos, Vasto Rúbio e Casto Arrábio, os irmãos das horas mortas, com seus olhos de disco, cegos, e almando debaixo das sombras, de dar pavor castigo, verdadeiramente sombreiros, eu voltava logo, todo molequinho, cheirozinho de poeira, para minha mãe, passava pelos senhores, recebia sim pela minha passagem, e o não da cancela de minha paragem de minha casinha era somente aparente, já que toda porta é mesmo parente da sombra. Ia, todo sorrisozinho, arteiro, para os braços celebrantes de minha mãe das asas. Ela me recebia com cara de céu, me cheirava com ar de ouro, me colocava o cobertor de suas penas com dó e sentir.

O nome pronome de Urubu ah esse aí foi-nos dado quando abandonamos nossas veredas naturais, quando nos batizamos fechando a última das penúltimas cancelas atrás de nós deixando de abandono nossas terras pássaras, dizia com dita, ressabiado, Tear das Vilas. A partir disso dito, então os homens são o homem e nós o urubu. Mas modos modinhos de sertão tão, tão infância nós sempre tivemos, porque bailamos com cuidado pelas terras dos prédios e das carnes mal-logradas como quem meio assim caminha zelando, como quem pisa moído no chão de areia deserta, como quem pisa de tanto em tanto, como quem vela o andar, como alguém que empedra os passos para enfeitar um caminhar com estória.

Nós assuntos vagos da vila, assuntos de sombra, tomávamos assentos de cerimônia, a calar, escurecidos, e a falar, velados. Quando o vilal, com as adagas do varal, se anunciava, como um torreado de telhas, então fazíamos vistas para aquela pequena luz de ilusões, as sombras estavam torcidas em cordas presas às frentes das casas que se estampavam como cabeças de pavões, as casas idades se anunciavam como cruzes em máculas que lembravam águias em seus voos de tiro para o céu, as sombras estavam esparramadas pelo chão como horas eternas e como marés cegas, entre o chão e as frentes de idade das casas havia a tensão renunciada entre os nós das sombras, o breu sereno que algumas portas reveladas mostrava era como o sangue das solidões, as próprias portas fechadas todas sem tempo eram o sacramento dos mares mortos, a alma era o sol e a sombra era o chapéu das estórias requentadas, a cortina da realidade.

Nós sabíamos como ser com o mundo.

Tamanha a pose das placas de nossas penas, que o dizer das distâncias já estava já renúncia dos postes e varas.

Um poste, aquele no princípio de Vilarejo das Vilas, com o dizer nenhum e sem face, despovoado. Trapilho e amarrotado e filado pelos estrepes, nada anunciava a não ser o nada. Ele era a renúncia dos caminhos. Mas nele residia a alma dos povoados. Aquilo que fica quando as palavras abandonam-se à templação. Aquela, a alma dos povoados, que reside quando o povoar da solidão se faz o sexo das pedras. Todo condecorado pelo silêncio, este poste mora num sinal de palavra, de modo tão que nele há a cruz do caminho, uma providência das secas da palavra, apela como uma igreja órfã para a pronúncia do nada diante do vento ou do irrigar do sol, para a morte do momento. Parar diante deste poste, entrevado de estrepes, era como parar com testemunha de uma gaita comunhão entre os faróis do vento e o endereço do sol, algo eternamente breve, um assobio repleto de pedras. O som de barranco, o balancear de anos e anos dos panos a flanar sob a sorte da brisa fingida, o ruído dos tapas do pano parecia fingir uma imagem a quem estancasse diante deste Diante. Parar assim era como testemunhar a morte do momento, um bafio que lembrava o gastar de uma palavra.

Aprendi, ai, disse Precipício, se ardendo de saudade de sua vilela, que quando parava ali mar e deserto eram decerto um só, que mar tem vila que sertão tem oceano. Aquele poste parecia uma arca, a apontar o apontar. Uma alma, a povoar o despovoamento das coisas, ali era uma casa das coisas, não dos moradores. Casa difícil, casa que apontava para o nada, casa que ficava a ar existir. Ficava numa horação. Enquanto o caminho estava escrito nas pedras calmas e além-nascidas.

O vilal viria à visão, feito um Só de terra. As casas, um povo solitário com as palavras. Por dias, nos falávamos solitários entre nós. O vento nos detinha, solidário. O sol nos continha, amador. Queria nos caber em seu calor, mas as sombras borravam nossa História. Quando um senhor compadre aldeão desses bem vileiros, Abas Liberto, sentava-se à prosa à beira de sua franca casa, cheio de cantigas nos lábios, e falava com um dom respirado e alimentava nossas noites com porções de sonhos e com poções de princípios sobre a vida seca e a vida desertada, nós retínhamos, todos amiantos, lábios corocas, chulinhos, com dobras grossas nas garras sobre o batente frio, e o contínhamos em nossos ouvidos, todos nós quase todos nós molequinhos sequinhos e curvos de tão vagar pela seca, com os ossinhos honrados, sequiosos, a ouvi-lo em suas navegações bem narradas, em seu jeito amor, de contar pequenos doces nas palavras que soavam a vagas infâncias. Ele usava os lábios e as sobrancelhas como anedotas da verdade, e levantava uma delas como a principiar o mundo e erguia com força um dos lados dos olhos como a inaugurar a verdade e assumia os lábios como a fazer concha para acariciar os princípios do viver em seca, era tão pai nas letrinhas, tão leve a pôr manto nas coisas descritas e fazer causa com as suas expressões de amor pornô pelo mundo, nos ensinava a amar as coisas puras com frutas no coração, nos ensinava a sermos para voar entre os bailes de fantasia do calor, dizia que à noite seu avô, Aberto Liberto, lhe trazia bolos deliciosos e que ficava a contar estórias de árvores que moravam nas terras de outras árvores, de frutas que saboreavam outras frutas, de pedras que faziam cidades em outras pedras, de pássaros que ensinavam as pedras a imitar os pássaros, de pássaros que ensinavam árvores a dormir como pássaros, que ensinavam o céu a pousar na terra enquanto dormimos, que devíamos amar coisas mixurucas.

Ao fim, então, Abas Liberto, que lia muito as pedras e traduzia as veredas e pintava as montanhas com as cores da calma, abria o mundo da boca, um poço de adivinho, de novo a fazer mundo principiar e aprovia, carinhoso e sem véu nas palavras, a mais fantástica das estórias, e isto para provar que somos providos, pelo menos em nossas vilelas antigas, de amor natural:

Aí, então, veja, seu Gurjão, vejam só, meninoszinhos calmos, que um dia, indo-me ao quintal de minha mãe Novezinha seu nome pronome, me deparei com um profundo encanto ao ver entre as árvores não tão secas que algo se escondia com retidão e concisão entre as folhas, me arrodeei, me arrodeei da tal árvore, como a ver o talzinho, tal este que insistia em dar pulos pingados e arrodear também o largo da árvore, como a brindar uma brincadeira comigo e consigo. Eu continuei, todo tomado de surpresa. Mas, nada. E logo depois se fez nada, sumido num voo pífio para outra casa vaga, para outra vaga de árvore.

Nada me tocou, aquilo não. Mas, no outro dia, postei a conversa com meu avô, Aberto Liberto, que me disse que aquele pássaro inho, tão Tito, tão miúdo, tão tinho, era a voz do sertão de nossas terras, que ele vivia pras bandas inusitadas das últimas cancelas e que dali não sairia jamais, nem para fazer pi nas nossas poças de águas ou nos nossos poços, mesmo na maior sede não povoaria aqui. Ele tinha o horizonte, e não as terras, na alma. Vivia para seus mexericos e mixuruquices. Tinha diante de si ele e seu espaço de ovo zinho quem sabe num canto de galho, num cubículo ovículo para o tamanho natural dele. O seu segredo era ter o horizonte e não as terras. Foi com ele que as águias aprenderam, no maior mundo respeito. As águas não vão para os lugares, elas consignam seus caminhos e veem o horizonte, suas almas são feitas de horizonte, seus olhos são fachos de horizonte, o horizonte nelas acende seu mundo, a vida tem sua força no horizonte, o que vive o mundo é o horizonte.

Quanto mais leve, maior o mundo.

Coisa que alguns não sabem, ainda.

Mas olhem só, escute Precipício meu filhinho da vila, olhe como falo, com faísca nos lábios, mas com noite nos olhos, e lençol macio nas palavras, como se o narrar fosse uma brisa nova, um dormir entre folhas de água amorosa e cheia das doçuras mais passeadas. Falo com um caber tão passeado, falo passeado, para que vocês tenham também sonhos passeados.

Abas Liberto era também forçado. Cuidava para que o levante das casas pobres fosse firme bem guentado. Pensava em cavar bem os varais nos quintais. Em arrumar bem a finca das casas. Para que todos povoassem aquela morada orada com zelo e elo, com coração e ação.

Ainda que o árido trouxesse povoamentos solitários como aquele dos irmãos da seca hipnóticos e com olhos de zero caminho.

Abas Liberto era o bel-falador dali, um pronunciador de montanhas, o jeito de saber com que falava. Falava, todo autor das veredas vagas veredas. Se o autor das veredas ali naquele deserto era o caminho, então ele falava com caminho, com criação reta.

Ele pronunciava caminhos. Tão habeas. Tão.

E as diásporas da areia, nos seus modos de arredo, toda cobreira, fazendo faísca solta nos serpentes de chão, fada fada brilhante, sumiça nos seus lutos. O sol salgado vinha de ajuizamentos sobre a crosta, e as cristas das casas da vila cheia de vilas das vilas, telhados cautelosos e pedras vagas e tombadas e horizontes maternos, tudo vinha de sombras cozidas sob o manto das casas burras que ficavam a dobrar e a pensar sobre os chãos, lerdas e múmias

Ai, daquele que ai de pronunciar com raio o pronome Urubu

Assim o fez o homem

Quando deferiu sobre o bestiário das palavras

E decidiu a besta das esferas

O tal tão do Urubu que sofreu as recaídas falantes dos voos marginais tão fulos e voados, o voar deles é súbito, de asas bem no voo fofo, no céu liso e de brilho espada e domo ocasional e e de vasta míngua e...e...de cores de castas vadias

Não deixava, ali aquilo ali de ser um lastro terreno

Um seguimento das sombras

O vento batendo com o furacão dos tempos

E com o tesão dos sentimentos

A areia fazia areia e fazia areia fazer

Passeada

Nos nadas do vasto tempo

O encalho das pedras no mar de agonia do casto vazio

Lá nos mercados da vida no mercado da vida, estes pássaros eram já chamados de urubus, e Alamabo, com seu doce copo de champanhe, os acompanhava em seus voos celestiais, quando eles decolavam das agulhas das igrejas

— Veja-me mais um requinte de vinho, Dolores

— Ó, sim, senhor. Já virei. Já viu como a provisão do dia está? O sol incide e os moinhos de pássaros, em seus rodeios sobre os peixes Emortecidos, fazem com que nós também tentemos parte neste carrossel. Um carro céu, sim?

— Sim, Dolores, um carro céu. Sabe, algo se me revela ainda esta manhã: vê como eles voam como se fossem glorificados e como se erguessem e estendessem cruzes sobre o suor dos mercadores? Percebe a lentidão do eterno neles? Eles que tanto voam sobre nós, suspeitos e suspensos?

— Senhor, olhe ali o ataque vândalo deles sobre os despojos de um peixe bolão de tanto inchado, ai como salpicam a carne, carne esta que nada pode fazer a não ser se deixar bolinar por aqueles bicos sacros? Tão feudais em seus pro visos...

— e a casta deles, numa fila vilã, nos copados sagrados das árvores vastas, numa fila escura e remota, engajados nos galhos como quem se atraca nas sombras, uma picância entre eles nas penas, os ganchos cheios de moléstia e sabor...

— Senhor, veja, agora eles se alibatam, pois alguma coisa ou alguém ou assopra dali, jogaram uma fruta verde para os altos, desfazem agora os Altos que eles em tanta bem perfilada fila vilã construíram, deduzimos uma sombra da outra, tão um sombra do outro, assim como fazem nas formas um cordão de sombras, vê? Ave, dizem eles pelas asas, e assim que a fruta batalha nos galhos, num bater bastante espanto, eles batem em retirada, um pleno sereno alvoroço, cada um voando com sua sombra de um no outro, cada qual migrante, para lados opostos vagos mesmos violados, batem em alvoroço, em camadas cada vez mais retirantes estes romeiros, espalhafatos!

— Ó, é a verdade, Dolores Fiel. Vê como se esfasfalham, vê a fila vilã se afarinhar, na dispersão dos espantos? Pois por somente um verde fruto, desengajado de uma mão bocó e tola?

— Senhor, o que mais vê?

— Ai, Dolores Fiel. Vejo um sinal de habeas entre aquelas cruzetas que voam como igrejas mundiais de significado, voam estas igrejas mundiais da vida, em seus habeas de mundo, fazem Ave na dó das moléstias cavacas.

— O que mais vê, senhor? Vamos conte-me logo, tenho ilusão! Estou vendo pelas coisas, sim?

— Ainda vejo estas igrejas voarem com seus sóis e sombras, espiando as sombras lá em baixo, no terreno, como se não precisassem delas. Mas o saber moléstia de seus corações faz a carne da terra crescer indignidade.

— e fazem cavoucos.

— sim. Estes covis, que sobrevoam em voajares bem recantos, tão calmos. Ainda que os cavoucos...eles se cavam, com suas unhas unguentas e corroídas...com suas cabeças de coco, covis e ovis.

— senhor: o cheiro de seus detritos!

— quando giram, em seus nós de pescoço, vilões, ficam cheios de aspectos, ficam ovis, estes covis. Pousam com ovo nas coisas e decolam com ovo, aquele, o mesmo que criou-se da terra. Eles nos olham com aspectos, olham para as coisas como se as coisas fossem aspectos, casas de significados.

— é, e se esguelham muito, com seus tarsos esgalheados, caducos, pousam com toco nas coisas...

— como se no mundo, Senhor Alamabo, ouvesse o porto dos tocos! Como se nas praças do mundo terreno a única coisa a ampará-los fosse um só toco, porto bendito e valdo, a dar-lhes repouso pro rumo.

— sim, pousam com toco.

— esses cavoucos.

— o que mais os faz aspectos, daquele jeito de curtir a sede como quem curte pele, secos e minguados, de andar amanguado, é o capengar, balouçado, como quem busca equilíbrio na cruz, um andar galhado, e suas cabeças tenentes, os bicos tenentes, donos do céu, um bico feito, com a ponta cofiada levemente, como se feito da mão dos tempos.

E estes, urubus, pássaros da provisão, que fustigam os antros, que voam ledos, mas que hão de ser ainda assim como pássaros provisão, navegam com moléstia a miséria mais dó que há de haver. Eles se fuçam, se tralham, entulhados nos ramos das árvores, e ficam nos mirando, castigados...

— senhor. Tendes razão.

— Olham-nos como se a vida os tivesse castigado. Mas que castigo é esse, Dolores, que os faz zombar de nós em voo cada vez mais contrários ao vento e cada vez mais pertinentes à brisa? Fustigam nossos pensamentos, se fazem de vossos, tentemo-los respeitar por patrocínio. Tentemo-los respeitar por patrocínio do Vento que vem com os arroubos dos ventos.

Eles voam como largos, passeiam como praças mundiais.

Suas termas, nas quais eles vêm na raspa das voltas, em carrossel, e navegam as modas do ar, curvas cada vez mais celestes e infantes, são elas doces vestidos nos quais o vagarejo vaga cada vez mais cavo, e numa espiral buracal, eles os urubus pássaros provisão, confiam-se em sombras cada vez mais e mais salvas.

É a dança das asas livres é a dança
É a dança dos habeas asas
Habeas asas

— senhor. Com franqueza no peito, o senhor não necessita orar nem rezar assim.

— Dolores, só disse   Habeas Asas

Habeas Asas, Dolores. Só isso.

— ai, senhor. Irei buscar vosso provento, trarei logo mais um requinte de champanhe.

— não, Dolores. Não. Traga-me dois requintes, que eu os tragarei num só júbilo

E Dolores se foi. A pegar duas taças. Para a champanha que borbulhava. Enquanto o mercado lá em baixo rebulia.

Alamabo ficou a contemplar as termas e os urubus em seus carrosséis.

Eles faziam violas nos voos, tão curvos e rodeantes e previsos, como se soubessem dos conselhos das brisas, como se as brisas brotassem do alarme do grande vento, aquele que assobia em nome dos Nomes.

Eles voam como senhores

Cheios de sombras nas suas moradas. E talvez isso fosse o que lhes dava o ar de supremos. Pois como quem, mesmo covil e ovil, sabe se assemelhar ao eterno mais perto.
— senhor, Aqui. Duas taças sadias.

— então. Percebe o vento sadio das termas, como se fossem praças universais onde as brisas sadias brincam de semear?

—ó é a verdade, senhor.

— e não vê os moinhos das asas falando o azul das memórias?

— Sim, belo. Senhor...

— e que assombram como naves vadias?

— Sim, belo, Senhor.

Senhor?   O que Alamabo?

Quando o Senhor pensa
em descer as escadas lá de baixo
para finalmente visitar o mercado dos homens.?
Nunca.

Senhor, não por nada. Mas é hora, não é?   É.

E quando?

Somente, Dolores, quando estes urubus um dia puderem visitar suas antigas cercanias e matar saudade de suas divinas mães.

Mas, Senhor, onde são estas antigas cercanias, cantigas cercanias?

Não sei, Dolores. Só eles têm tais imagens em suas memórias de ovos. Eu não.

Só descerei ao mercado um dia quando estes um dia puderem fazer féria nas suas amorosas paragens, para então voltar para estes prédios honrosos.

Enquanto falavam os urubus se acopavam, como agulhas, nos ditos prédios honrosos, que se erguiam com solidão e emancipação, tão altas estas construções, a dignidade deles convinha com a postura dignidade também dos urubus covis e cutuqueiros, cada qual no seu cocal

Pois suas cabeças, redondas e moles, sob o sol, faziam no chão uma poeira de escuros, como cocos, árvores. E eles ficavam, coqueiros, naquele cocal infinito de aves, em fila vã, como um coqueirado de fantasmas.

Os homens, cheios de boca de fazer pouco, se aperreavam, barrentos de poeira, cheios de bufos, pestilentos. Os urubus, navegueiros, com seus para-voos e sobrevoos, voavam para os parapeitos com continência, se apostavam diante do sol mundial e incinerante com continência, se alocavam, fazendo muradas, em suas filas bestiais, um covil, sereno e mal-tratado. Vez por vez, fuá, batiam em retirada redobrada, filas após filas, aviolados e amolados pelas mãos atiradas dos comerciantes comercieeiros. Espantados, os pássaros vindo das bulhas de mais pássaros se espraiavam, alertes, pelo céu vasto, como uma abertura dos buchos do mundo, o mercado soltava frouxos gases de peixes aos feixes nas bordas da praia. Parecia, os pássaros abulhavam, como tampões, abrindo uma realidade em seus voos de fuga muda, e se ouvia, ah, seus alertes buchos de asas, as abas batiam como combustão de estômagos, batiam com rebuliço de penas amplas, batiam como casas fantasmas. Era um enroupado alvoroçado, aquela emulação, escura e esquecida. Suas fugas eram escuras e esquecidas. A fuga das fugas. Subiam ao firmamento como um carteado, às avenidas do céu mais moradas. Quando se secularizavam nas telhas, se firmavam como templos, afamando-se em suas moradias humanas, como se fossem heróis do Ó da dó e da moléstia. Sacralizados naqueles terrenos do mundo, assenhoriavam-se, com as sombras surrupiadas. Encolhidos em seus domínios.

Assim era assim estava

Que Alamabo um dia haveria de haver descido ao mercado para viver em meio aos homens améns, em seus diários forçados e trabalho de alimento

Que Precipício o Urubu e seu clã celestial e submundo um dia haveriam de haver voltado só para passar um dia em seus povoados de deserto cemitério, aquele lá lá nos confins dos confins, onde eram gente de vila, arteira e virada

Assim deveria de ser, é?

Pois bem

Mas Alamabo agora tomava os dois requintes de champanhe, as duas taças imperantes, que reluziam no parapeito da janela, tão tortuosa e feminina quanto uma mão de sereia

Dolores

Diga-me

Com sua boca eterna

O que esperam ali, aqueles urubus?

Ai, Senhor, acho que eles aguardam o céu

O que através da terra cai do céu

Ó, sim, Dolores, assim o parece

Nós não vemos...

Mas existem tantas cercanias por entre estes prédios, igrejas, pilastras, casas, que não vemos...há tantos caminhos por entre os mares do ar...tantas correntezas por entre os mares do vento...tantas cancelas...tantas paragens...de dar vertigem...conseguir voar é já uma tanta vertigem...nascer é já tão vertigem...também

— De amém e amém eles acopam o céu como castigos antigos, mas percebe também que nas termas fazem-se de vagos mundos, tão brincantes como se passeassem pela tarde e até nos parece que voam como quem nada pode fazer se nós homens não voamos e não temos batismo de asas?

Hein Dolores...?

—Sim, senhor.

— esses são uns améns, pois em suas sabedorias fulinhas nada sabem de nossas coisas do dia, mas tudo sabem sobre os diários que só esses que vivem dentro de suas sombras pressentem. Nós também temos diários, tão iguais a os deles. Mas eles vivem no pequeno diário de suas vidas, contadas pelos caminhos de peixes desembocados e dissecados nas baixas da mão da maré mãe, pelos viários dias e dias de voos curtos e pousos no meretrício dos peixes mortos, pelos arredos e enredos de caixas e mercadorias intermináveis porém termináveis, pelas levas da maré que ao chegar os assopra e impele para os barrancos e margens, pelos cantos podres nas encostas do mercado onde um animal ou resto da vida é esquecido, pelos traços de tripas que se contam de fio em fio e são seguidas pelos vasos das garras marcando a areia da tarde quase ida, pelos fins de tarde alegres quando o vento os abarca e abarca tudo e todos como se fosse uma brisa de beleza, advinda dos inícios da vida, pelos viários dias de sombreado e voo escuro e cortante sobre os telhados na eterna hora eterna do almoço eterno, as horas esquecidas depois do almoço dos homens, hora esta em que eles descansam e sonham com pássaros e dias e têm premonições sobre as sombras das asas, pequeno diário contado pelas telhas desgarradas pelos mesmos, telhas que atrevam o dormir noturno e se atrevem a arredar o silêncio inocente das coisas, pelos caminhos entre os barcos onde os peixes fazem bocas de imortalidade aspirando suas mortes, pelo aperreio diário e terreno dos comercieiros comerciantes e vendedores vendeiros, desses que vivem para o amém de todo eterno dia eterno, pelas agulhas das igrejas onde se encrespam a observar o efeito dos pés dos homens em seus movimentos aglutinados e ouvir o vaiado dos ventos que assomam as folhas numa dança das idades do dia, pelos ossos e escamas doces pelo andar da prainha que fica logo abaixo da escadaria e onde os bichos morrem e se declamam estendidos ao longo do chão casto e impune, pelos viários pelo céu repleto do fel do sol e de suas cachoeiras de luzes que se derramam como um incindir sobre as certezas terrenas, como se esbranquecessem o realismo das cores, como se tirassem o pertencer delas, pelas pomposas amparações nas árvores quando das chuvas marrentas, ali onde ficam como juízes a compor um segredo, ali onde ficam como cabeças perdidas, numa fileira perdida, todos videiros e consolados, nas serenidades ágeis, pelos milhões de olhos da realidade que os olha e os recolhe em cada canto esquecido, seja numa janela idosa, seja num banco de praça segregado, seja num monumento ignorado, seja nas calçadas de um quartel mudo, seja no pavio bem longe e na ponta e fim final de uma casa, bem ali, numa calha ou agulha onde poucos se apostam, ali, para onde ninguém vê nem havê, estão em todos os lugares, aos vários, milhares, dispersos, ali daqui e aqui e ali e ali daqui, e voam, em rodos, em princípios, em rumores, controversos, malogrados, numa dança aventada e assoprada e avacalhada e celestial, numa dança de ventos, num vestido de dança de ventos que nunca vemos, enquanto nós estamos tão atarefados com os custos das caixas, tão mercadoreiros e comercieiros.

— Dolores, seus diários, em verdade viários, e videiros, porque estão mais na vida que nós, são contados pelas palavras da vida

— Esses são palavras da vida, Dolores.

— Seu pequeno diário é contado pelas pegadas da vida, ó Dolores

— Dolores, meu caro e ilustríssimo criado dos dias, a ciranda dos dias vive em fuga eterna, só eles veem o círculo da mão que gira o céu e a terra e as tripas dos peixes

— Ó, Dolores, não me olhes com esse olhar de Ó? Tem pena de mim, eu não sei o que estou dizendo

— mas uma coisa a saber, Dolores, meigo criado, pareces criança, é que eles brincam de viver nas cirandas da vida, são flutuações entre nós, e nós nem sabemos

— Dolores, seus diários não são pequenos, ao invés. Esses são grandes diários, contados pela tinta das cores eternas

Ai, eu queria poder ler o diário, O grande diário de um urubu, os sonhos de ovos que este tem, o ideário diário de formas tortas entre os cortes do sol e a embriaguez dos homens e suas palavras de sonhos entre um gole e uma lavada da maré, um urubu vive um ideário

Ele vive entre as aparições, as visões milhadas, as visões avariadas e dúbias de seus olhos constritos voltados para o cavar do alimento, as vertigens de comer com gabo sabor a sobra buchada e mundana, vive de secar o chão milhado de trastes e contrastes, vive de se espantar na alma a cada premonição de ataque humano a cada abrir de mão ou varrer de braço, vivem sob a casta das sombras a abrir suas asas em revelação e segredo, num amém glorioso, a avisar os homens dos tronos do céu

Neste momento, momento em que Dolores e Alamabo se constrangiam sobre o parapeito da janela, a olhar o nada, um deles, vinha, como se amasse o ar, por aqueles corredores, iniciando o mundo, iniciando, principiando, principiando, até que entortou o trajeto, e, passando a lembrança de sua sombra sobre eles dois, se aventurou para as cidades de um céu mais longe, indo ter com aquelas glórias às escuras

Eu não, disse, Dolores, eu não disse?

Eles fazem provisão sobre nossas palavras

Eles voam como senhores

Ideários

Se calaram, e Alamabo tornou:

Seus voos são verdadeiras fontes de segredos, guardam o mundo debaixo de suas asas gratas, adulam os véus do vento, pousam nos topos, se fazendo de pouco para nós, mas o que vemos são terrenos, eles são terrenos, terras que pousam nas árvores, será que um urubu não será uma terra, um terra natal?

Neste instante,

Do outro lado,

Tear das Vilas, o pássaro das palavras, sentia que algum homem prenunciara algo, mas ainda assim assentia com a ingratidão das palavras, pois a imagem amor do povoado e da vila das paragens, Vilarejo dos Vilões, ali onde eles todos ovos se criaram e aprenderam a andar antes de voar, esta imagem amor só eles os urubus da terra tinham, esta imagem amor só eles alembrançavam

Veem o que os homens dizem?

Ah, Precipício, saudades de tudo, dos paus velhos e dos varais e avisos de caminhos no nosso vilarejo vilarejinho, ai o cafuné de minha mãe, o cheiro surrupião de nossas penas, o cheiro de taco velho das casas, aquele chão tãozinho que fazia nossos joelhos se encorar e encrostar, grossos que nem pedra, quando tínhamos nossas conversinhas de sombras, onde nossos rostos se falavam como sombrinhas agradecidas, e ainda assim nossos jeitos de forasteiros, de mó, de menção, e que nós ficavamoszinhos de falar com favor e com solidão para os outros

Ah, Tear, tu sabes das palavras mantas, palavras doces, e reinicias o mundo com elas, mesmo quando falas com gravidade de nossas esperanças. Me alembro de Seu Surrupião, ele era meio que o senhor das ordens lá no nosso vilarejo, ele aparecia, todo com jeito de aparecido, com as mãos nas vagas das ancas, cheio de cadeiras, a ver se tudo ia como ia, vinha com o semblante no conforme, selado e zelado, a ver como ia a ordem dos vileiros. Todos o cumprimentavam, feitores e forçados, zelosos também.

Ele andava, panço, todo medalhão, até o aviso da entrada do vilarejo, ali que era com cara de calejo, e também cara de mal-aviso, pois a placa tava era torta, virava com as manias do vento, vago e incerto, e tava mal apagada. De dias em dias, um de nós, um urubu que ninguém sabia nem conhecia mesmo, se descansava ali, todo cemitério, com o semblante encovado, fundo, a não revelar, enquanto o caminho para nosso vilarejo ou outra paragem ficava sem saber. Ele era o rosto da solidão. Tão só com o calor deserto, tão somente de sertão ali, que parecia uma alma medonha sem palavra, uma migração, um minguado de silêncio, que nada dizia ao passante rastejante que por ali viesse, só fazia sim com sua sombra, o que não bastava não.

Enquanto debaixo do sol minguante, Seu Surrupião, o avô das ordens, se aparecia todo, pondo as mãos nas cadeiras e balançando com os giros as medalhas velhas, feitas de pedras. Ele olhava com assunto para a placa que rodava ao léu do vento minguado e baixo, mas nada afinava de conversa. Só olhava com sabichar para o aviso de caminho, e nada apalavrava. Mas, nos finais, confiava, com gravidade e com as palavras confinadas, com aquela garantia deserta dos senhores de ordem:

— essa cruz tá fora de caminho, mas aviso de caminho é bom que fique sempre fora do caminho, que temos que avisar o cargueiro ou o viajante que caminho para paragem é caminho torto, incerto, senão paragem não é paragem, é paramentagem! O aquele que avier do caminho de ali, dali das veredas, não pode ter viagem certa senão ele não é viajante, é um viajado. Vereda que se é vereda se apõe torta para o que vem, senão o aquele que vem não envereda. Caminho que se comporta vira porta. E a única porta de vereda que eu sozinho conheço e sei é cancela.

Bem dito isso, ele olha para o aviso, com afinamento.

Cofia o bigode senhoril e grave. E relê o aviso na placa que diz que Vilarejo está a alguns quilômetros dali. Não está certo, diz, com mais afinamento ainda, servil com a solidão da precisão. Fala com assunto. Arralha. E saborosamente manda alguém arrancar com tentação aquela placa de pau roída e cheia de mau humor, que rola e bate no varal com desleixo debaixo do contorno do vento minguante. E também diz saborosamente, num tom honrado:

— também, chega de assunto quando se trata de avisar a distância, palavra final. Quem envereda não pode saber o caminho de cor, senão o caminho não existe, ele descolore, porque caminho é alma. E quem vem para achar uma paragem, vem descobrir essa alma. Vem achar o caminho com alma, vem sentir o caminho da alma, pois vereda tem alma, e quem se envereda vem de por alma.

Olha para os serpenteios do caminho, com mais afinamento ainda, ressabiado e satisfeito com a solidão, e amola mais outras palavras, agrava os olhos e pergunta, não sem antes perguntar, com um certo pasmo na vista:

— bom, olhando para lá, vejo que as agulhas e o envi-
lado dos paus e aconchegadinhas casas de nossa comó e de
nossa mó de vida se avisam para o chegante, de jeito que ele
se alegra, ainda que sombrio, de ver que tem que galgar as
veredas e que o sertão de nossos povos não é sertão se é fácil
adivinhar de longe onde fica a vila, e que nem povoado é
povoado se não tiver a precisão de o errante, o viajante, en-
ganar-se do caminho, e tentar por tantos outros e outros,
pois que vereda é pura revelação, é que nem voar, só tocando de fino toque o ar do chão é que se sabe e conhece ele o
caminho.

E daí, veio a pergunta bastante senhor, de Seu Surrupião, aquele que só faz pergunta senhor:

— e pois falar nesse nisso, como estão as coisas no
Vilarejo?

— ah, tudo bem, Seu Surrupião. As crianças, os vileirinhos, brindam de brincar, arriscados, debaixo da punga do
sol que alfineta, com suas andorinhas, isto é, assim de mó a
dizer, com seus papagaios de saco, que desvairam ao vento,
e que sobem cada vez menos, porque às vezes o vento não
incide, não.

— e o que mais, seu Gurjão?

— ah, tudo benzinho, Seu Surrupião. Tudo na modéstia. As crianças se recolhem cedo, se recantam às mães, que
as recontam, e vão dormir ornar nos ninhos bem coroados.
Ninguém tosse, a não ser quando o sol tá mundial, que aí a
poeira mais ele faz seca na garganta. E as mães se retiram

cedo para os seus retiros, e passam a caber a noite em seus colos, de mode que os pequeninos possam sonhar com a solidão só um pouquinho um tantinho, sabe?

— e o que mais, Gurjão?

— e no nosso Nosso diarinho, nós vamos indo que levando, que não há nada mais de fazer que levar nosso diarinho, não é? Mas olhe que os vilões falam bochicham que Caçanda das Invejas anda matracando, mas sem ela nossa vilazinha não tem graça nem grave, né Senhor Seu? Ainda Onte, ela apaveirou que uma tal de dona Penosa anda cozinhando mauzinho, que o cheiro de comida fina dela anda empestando o pedacinho da rua, que a sopa de bojinhos anda cadeirosa, muito grossa, quase espantosa.

Mas Caçanda é a milagreira de nós, Senhor Seu. Sem ela, não tem estorinha pra contar, não, não é não? Sem ela, a gentezinha não tem do que dar de risada, não vê?

— é verdade, Gurjão "Abraça-céu". É verdade mesma!

— e a organização da vila tá boazinha. Tem o diarinho, a comidinha, o cargueiro que traz bem os mangueados do sertão, nossa lavra que tira aqui e ali o sustento mundinho prar nosso proveitinho, não é não é? O sol arrepia. Tem dia que tá todo mundo em suas casinhas, mas de vez em quando todos se recolhem pras sombras não é, prar fazer forasteiro um pro outro, só de vez em quando, nem é não?

— hum, tá bem, seu Gurjão! Vilinha vai bem de vilinha, né? Então tá bom. Sei que tá tudo em ordem, tá certo.

Assim, aqui fica sem placa, para desavisar quem vem de vereda, sabe? E também, se tiver placa, rifa de pau ou outra coisa em lugar, que possa se balançar pelo vento, que aviso assim largado é também de vilarejo senhor, que tem honra de ser vilarejo de paragem, vilarejo perdido de vereda, não é?

— ah, sim, Seu Surrupião, ah, Sim...

E voltavam pra Vilarejo dos Vilões, cada um no seu andar grande, senhoril, com as cadeiras fazendo número, avisando a todos que chegavam, com a honra dobrada sobre si mesma, na curva dos espetáculos, já garantidos de sorrisos por todos.

E assim que se iam um urubu o dito tal apousava vagante e insonoro e próprio vilão, e se emperrava, no pau horizonte daquele varal ali na bifurcação de vários caminhos sem bifurcação, se emperrava entre os arames velhos e gastos daquele curral de ilusões que não mais detinha o emplacado virante de vento nem mais detinha o emplacado com a distância provida, para ser o soberano não das cercanias, ou a sombra dos múltiplos sins. Esse urubu o dito, veio como uma solidão, a povoar a nação solitária do silêncio, o sertão, com suas pedras mortas, a bandeira fraca das poucas flores e as sombras longínquas. Ficou, ai, de paramento ali naquele poste morto.

Assim, naquele dia, ficaram de lembrança para Precipício as horas daquela noite cheia de mares e tortuosidade, enquanto o dito se proveio, nos alicerces do não aviso:

"enquanto o mar dos ventos alongava, em idas e vindas, o eco da seca ali se amamentou, atracado em cada poste que fosse estação para as brisas...

...e um semear de palavras veio, divagante, falando com fuligens...

...a vida, a própria vida é circunspecta...

...somente os postes de mau agouro escrevem o diário da solidão...

...ali, onde a paragem se veste de algo...

...ali onde o vento incita...

...os améns...

...

...

Tínhamos noites alegres e felizes em nosso vilarejo, mas também tínhamos as noites de costume, aquelas em que o sertão se seguia pelos ventos, aquelas em que o sertão se perseguia através dos ventos, se perseguia a fio, estas eram a noite dos paramentos, só os ditos, os comandados da solidão aproximavam-se da noite e de seus dilúvios, de noite sentíamos todo o balouço do diário, do sol em nossas cabeças, somente à noite o nada cantava sua foz de fonte perdida, a solidão se acomodava e se detinha nos postos onde eles, os urubus ditos, montavam suas solidões

Foi deles, disse Tear, que aprendemos certas coisas, como a nos paramentar em silêncio, ah mas eles eram sombrios, e nós não!

Naquelas noites varridas, barrocas nos confins dos ventos, eles ficavam espadados ali, retos, como sacramentos, paramentagens mortas, aves, preces até que em polvorosa religam os sextos elos que unem suas armaduras de asas, garras, bicos, penas, as vias dos olhos aos sonhos enterrados do sertão sepultoso, e, nas áridas da noite, enquanto todos deslizam, no doce do ignorar do sono doce, estas paramentações em forma d´asas alibram, bairrentas, para seus lugares paragens próprias e penetram o silêncio com a agulha finil do terror, o fino crescer de suas asas, até um decrescer, até que voejem, e, no livramento da noite, aquele de quando eles ficavam a adejar as asas já repousados no varal da âmaga noite, se receiam, transgridem suas sombras. Quando batem suas asas, a fasfar, para abanar, mesmo pousados, é este o livramento, o ave liberto que os apavora deles mesmos. E se recolhem à sua mãe solidão, feito ovos murchos, mundos esvaídos

São essas as horas, adiantou Precipício, enquanto Tear o re-havia com os olhos, pondo existência em suas narrações de deserto sertão, são essas, essas horas que me apavonham mais, que mais me sustam, horas de intrigas péssimas onde os velejos do vento contam contra as poucas placas e os habitantes da noite contam contra os habitados da noite, é quando coisas se desconhecem. Aqueles paramentos, livrando nos paus do deserto, a farfalhar as asas e a engrandecê-las até o mundo maior de seus pavores, a acabrunharem mesmo os grilos que ficam de sítio, somente a sondar o som da noite mal-lograda e navegada, principiam a mundianizar seus paraísos medonhos, a soltar o escalabro pelos atrevos do caminho. Ai, esses me apavonham, meus pelos ficam de pavão, tão insistidamente arrepiados que eu me pressinto!

Quando ficam de livramento, aqueles julgos, que ficam de subolhos para quem ou alma por ali se proferir a pé, é mau sinal. Digo, disse Tear, confirmante e afirmante, quase nos alarmes, quase com os olhos nos alarmes, os globos incitando os pavões dentro de Precipício, que assim sentia os nervos como ondas, tanto deplorados como aflorados por um pavor pavão, um tufo que crescia e decrescia dentro de seu si. É mau sina. Disse ele, mais uma apavonhada vez. Eles, estes paramentados, que ficam de farfalhar as asas, como num livramento, ficam de ordem perto das veredas do sertão, somente a assentir caminho ruim ao viajante, e suas imagens, sacras e sarcófagas, em nós se plasmam em nossos sonhos, nos sóis de nossos sonhos, como tremendos, o vento a tremer, as placas, ou a rifa delas tão somente a calar as distâncias para quem vem, a areia fica somente como um dará, como se seus motins e dunas fossem palavras futuras sobre a solidão. E quando estes paramentados adejam, e voejam, a andar baixo o céu das paragens, num voo vil e covarde, mas corona, é quando se propaga o deletério, já no caminho vão das cercanias, ali onde o vento fita de vela e fica de veia para ver o vagar das coisas sem nome. Dá para se sentir bem as veias de vento que acobram nas pernas quando se atreve a sentir aquela noite dos arautos. O voo bando e vândalo destes pássaros de livramento vem pregoeiro para os concílios acabrunhantes da senhora noite das hordas. O voo destes mentores vem de gaifona sobre as preces ligeiras dos vilarejos, causando-lhes curtos presságios de areia, e suas comendas assombram o sono nas casas igrejas. Ficam assim, de gogo, a pungar, a apregoar entre os silvos, a desafiar os crivos dos espíritos das pedras. Seus poucos pousos atabalhoados, ainda que no fantasma estanque de má sina, como cruzes das ruas despovoadas, acalmam-se, mas que nossas convicções não se enganem. Ficam de gogos, a desafiar os fios da coragem a fio, com os pescoços de sacramento, a fazer gogó gogó. Como se em qualquer pavio ou varado ou arame eles semeassem danos, e esses varados de pau mocho ficassem eivados. Eles feitiavam. A visar de enredo as coisas. Os olhos tão firmes e rezados como o olhar de cruzar das viagens pelo instinto relento. Visagens pavãs. Daquelas que englobam o medo. Eles não olhavam, não bem olhavam, ficavam de visagear quem se atravesse pelos cruzamentos. Provocavam marés de espanto crescente.

É por isso, Ah Tear, que nós somos vistos por homens como viseiros, como se fôssemos covis e vadios, só porque nos banhamos no ar? É por que também viemos dos paramentados, aqueles que se gatejam nos postes noturnos, a bater tambor de arauto em nome da solidão, que nós somos assim também, meio vis?

Não é bem assim. Disse Tear.

O escuro é nossa promessa, dele não podemos fugir. Nossos campos de sol são veredas serenas que incidem o tempo, também. Somos feitos tanto de deserto como de ar, é uma paragem só, este sertãozinho.

Mas a noite dos vilões, ah esta é-nos conhecida, e nosso povoado, vós sabeis.

Sabeis que as lembranças que tendes daquelas cercanias vos conservam tais memórias, e vos comportais como um feito vilão, de certa forma, sempre desces sobre as telhas como um malogro, mas é porque o escuro e a solidão da morta paragem já são parte de vós por todo o vosso mundo.

Então me diz, perguntou Precipício, enquanto Tear ainda o re-havia:

Somos visagens ou rezamentos?

Ambos?

Diga.

Vou dizer-te uma estória que me acometeu lá nos nossos confins, agora, nesta noite que se passa, enquanto homem nenhum vem nos transgredir, com aqueles ventos nas mãos, aquelas mãos de poupa, sabe, de afugentar as nossas asas e continuar a abadia de seus comércios, tão honrosos que eles suam à noite só de pensar em despender em vão um vintém. Era uma noite de trevas e ternuras, onde as brisas vadiavam, em círculos, e a represa do vento ficava mais ou menos dinâmica, revelando e velando sua presença ausente, era uma noite de arautos e de estranhos nortes, dava para se sentir pelas visagens eólias, o festim daquelas correntes de lamentos:

As vagagens não estavam lá muito bem vistas, e havia somente pequenas fugas de cores entre as avenidas do vento. Um pau alto, lá nas longitudes, pairava, veleiro, pois pendia dele um fiapo trapo de pano ou plástico que se dançava morto se lançava com tentos descontrolados, nada o dizia, nada nele dava distância, ficava só no recanso, a bater cabeça diante das velas da brisa bem veleira também, nada no ali dali, tudo em si.

Eu vi, com meus olhos de então criancinha, os movimentos da noite varal, toda vivida no estacionar dos raros abutres naqueles portos de caminho, enquanto as gerações do vento faiscavam em seus moinhos demônios, e fiquei nos alertas, entrincheirado em meu ninho, com boca de fio, a fazer funil, de tanta surpresa:

De repente, o vento passou a rezar mais em segredo, mas parecia também regar medo, e banhava minha face com ordens de palavras incompreensíveis, que logo entendi, eram sobreavisos, por causa da natalidade de sua ordem, a bendita da noite ainda iria se fazer ver:

Os domínios foram se revelando e se revezando, porque subitamente as gerações do vento começaram a aumentar suas idades, em assobios cada vez mais e mais senhores, senti que as comportas estavam elevadas, uma idade sem idade das coisas começou a roncar, alto e trombejante, como se fosse iniciar mundo, e vi, de longe, bem lá no mar da longitude, lá na vara de onde pendia um fiasco de papel sem caminho avisado, bem no ali onde aquele trapo se atirava só de relanço aos sorteios do vento, ali onde aquele fiapo ficava de mote diante das direções do vento, ali enquanto este fiapo tentava, sem sorte nem tino, se agarrar ao pau sem arco, ali onde era como se este poste de pau denegrido pela areia ostentasse a si em sua solidão e ostentasse este trapo, general e insensivelmente, então vi um de nós, mas desses que vivem nos vazios mais distantes das paragens, abutre de senhor testemunhar, dos que se alimentam da noite, desses que abaixam as cabeças e vegetam no ressecado do sertão. Aí neste timo de tempo pensei, crescente, no que era a solidão, a mãe solidão, e a comunicação entre todos nós, ai, sempre uma comunhão das palavras, enquanto o diário de nossos dias nos escreve e nos dita, é uma comunhão do silêncio, do mesmo silo que nos acolhe, a mesma comunhão de nosso antigo vilarejo, ali onde uns não falam com os outros, mas comungam, pétreos de tanta santificação pela aridez da vida, nos segredamos pelas sombras, assim como aqui nestes altos entre os homens nos segredamos alheios pelas sombras, mesmo a sombra do sol, a que mais re-cega, mas não falo disso não, falo de quando testemunhei a solidão em pessoa, e que rosto de missa sertã ela tem, meus queridos alheios, meus queridos parentes das sombras:

O sertão de nossos vilarejos, tão despovoado, é uma novela de veredas

Lembrei dos nossos jeitos de Passarão habeando as abas, quando universais abrimos as asas, fortalecedores, mesmo nos finos tocos de madeira que são nossos tarsos cheios de arte, quando enumeramos diversos jeitos e re-jeitos que dominamos em nossos teatros sobre os telhados do retorno, até os nossos dominicais, voos valentes:

Lembrei de nossas asas sãs, quando batemos em livramento, para outras copas do largo do mundo, fazendo margem com nossas sombras e vindas, ficamos a margear os sobrados, a ficar de sinistro, no bosque das construções, visando os homens, revezando as sombras:

Ali, onde se montou o tal urubu, naquele sacramento no meio da alma do deserto, era uma casa morta, onde ele veio tomar o mundo, vindo condecorado com a faixa de sua sombra, ela uma cavidade adormecida, ele ficava ali, encarcerado, todo solidão universal:

O rumor do vento, zombando para o zero caminho, ateava solidão no pátio das pedras, semeava sorte nas encostas dos lamentos, havia Incertidão em cada vaga de vida ali naquela noite mal gerada, onde mil desagrados corriam pelas ruas do vento em vão, onde a fauna falida do deserto germinava ruídos sempre mortos:

A mágoa do vento se afogava, grossa nas afloras, e corria corrompida pelos zelos trechos, fina filha da brisa, a alertar os perdidos, preciosa e desonrada em cada pedaço de paragem, a remendar, a repetir e imitar, em suas corridas, as costas das grã-montanhas:

A navegação vilã do vento vadiava, vendida para os cantos e pedaços do mundo árido e de calos brotados, um funil de vento remendava outro, um fio de vento vaiava o outro, até aumentar num grau mar gritante, um ostentoso palácio de berros, aos trombos, danado nas trombas, o vento vilão remendava a brisa, e a brisa remendava o vento vilão, o copiava o copiava piava parava e piava além além além até iniciar um amém que aumentava, em mundos cada vez mais copiosos, o vento copiava copiava-se, além além além, além para amém, até ficar vândalo e amplo, tal uma grã-embarcação, o vento começava a desabar sobre si mesmo, bem além bem além:

E me ai alembro bem bom que aquele tal alheio, permitido entre as sombras do varapau, posado e pousado consentidamente, noiteiro e vagal, voeiro e vilante, pedra principal de uma igreja estranha, talvez pedra principal estranha ao igrejamento dos homens, mas muito semelhante à igreja do escuro e dos céus vagos, este filho inicial das varas e postes e postos de solidão apregoava sua alma de molde solitário, aplacando no pau alto Altar assim, ahssim, como se pousasse como um principal, uma pedra principal, uma palavra principal, uma pedra solta e espedaçada do grande quadro celeste da igreja, assim como pousam as águias tão também, como ares principais

Eu me detinha de medo, eu Precipício, escuta-me Tear, as vilas dentro de mim balançavam, como se dentro de mim tempestades dançassem as casas vileirinhas, como se o povoado das pessoas pássaras roncasse cheio de roucos, enquanto a gastura dos ventos varais ar balançasse aquelas pequenas caixas, ditas moradas, tentando elas tentando elas, até que todos os pequeninos acordassem, como barcos nas almas e com gritos geniais, no mar de medo e na torta torrente de lamentos

Eu me tinha todo de receio, antevendo aquele ele que se poria como principal, pousava como um principalmente ali naquele pau-alto do poste posto só, feito um feitio, globando a noite com seus olhos psiosos, como se fosse dar alerta para quem por ali se esquecia, psi sou a solidão, bem assim sim, venha para o meu além amém, pois meu além é o mais amém de todos, é além bem bem amém, bem assim sim, ai Tear, medo, medo, e dizia, com seu silêncio, vago como igreja, vago feito igreja, entreventos, vasto

Este pedaço de nadação, aquele urubu de solidão rei, batia como suas penas flocadas, num flocado estranho, num voejo a torto e a direito, e pousava torto, morto, sobre o pau dos mundos sertões, com ar de ser sertão, todo viajento, meio olhando outros postos de paramento, mas enquanto isso ficava ali de paragem, vila esquecida, uma igreja de solidão, peçonhento, unguento, um pássaro bem lamento e bem espanto medo

Ele estufava os pavões do meu medo

Meus poros apelavam, espantosos

E por mim corriam os ouvidos do vento

Talvez me dizendo, como minha mãezinha Aurora me dizia, toda dizeira, ai te daí, meu filho, ai da janela, fecha esta janela e precipita teu caminho para tua cama ama, tua cama ninho, que tanto te ampara quanto te repara, olhosa, porventura de proviso para guardar tuas canelinhas de passarinho preto e sertão, dorme na lapa de tua mãe

Ele aquele existia de escuro, ali bem no meio do velho deserto, a pousar na sorte, fazia améns estranhos com as asas, não bem quando livrava, batendo-as para a solidão, mas sim quando subitamente e beatamente as levantava, como se fosse uma igreja, emplumada, vã, escura, barca, celebrante, concília, tardia, noturna, insana, petrificada, feito um feitio, um encanto, um mal sonho, uma arca, um estranho dos mundos, ali celeste ali mundano ali vadio, abria o abrir olhos das asas, do jeito mesmo que fazem os pavões, tão plenos de penas, como quem revela um reino, pondo-se a pique no pau como um castiçal, o número, um estranho número um das coisas, elevava as penas, parado na sua vilagem paragem das passagens

E assim ahssim ficava, de estufar pavão em mim de medo, ai Tear das Vilas, meu sorte amigo norte, ficava ele aquele existindo só de ele, de ôolho nas coisas da morada noite, de olhãooo nas intrigas no vento e só de olhovivo nas navegações do tempo, todo amém, com aquelas asas bem alivradas, paradas num estanque profano, feito um princípio de caminho, cheio e feio de artes nos cotovelos e garras, se coçando se torcendo se corroendo, um farol de vereda apagada, por propósito fantasma dos acasos

Ele parava ali de paramento, todo vilão, ficava nas covas dos seus silêncios, nos apuros das suas igrejas, todo semblante e infante, a se cutucar, covoso, cheio de segredos e todoescuros, à fina flor dos nervos da noite, à fina flor da solidão, atracado naquele porto do posto covil, a suspeitar dos suspeitos, a visar os esquecidos que ali se esqueciam a acabavam por acabar nos caminhos sem certidão, nos meios das coisas, no meio-mar das noites, aquelas piores, todas de assombros e berros ecos

Ele ficava ali estacado, enquanto o vento de silêncio estava estancado, ele ficava ali de estar, ele se reparava ali, sem amparos, repleto dos proventos do vento, contado pelo vento, trafegado pelas mãos bastante sereias das brisas, bem mal-vindo, enquanto a solidão vagava... toda gaifona... nos seus mares de motim seco

Ali, aprendi uma coisa bem coisa, que a solidão está em nós escuros, na parte de nós onde estamos mortos, ou separados do pleno pão das coisas, aquele pão dádiva,

Enquanto ele permanecia livrado, com as asas bem plenas e abertas, num amém bem além, em meio à fúria seca e dramática do sertão, eu me parecia que entendia a solidão, ainda que engolfado nos cabos do medo

No seu posto de igreja ele me apelava a solidão, tão rei em seu postar rei, que me detive ante aquela visão da noite, porque embora a noite seja diva, ela divina tanto para o sertão do mistério que nós achamos por bom bem que devemos nos recolher, nos colher para nossas camas amas, casas ninhos, para as lapas de nossas sagradas mães, mães dos lamentos e dos colos sempre vagos e bem certos de nós

Ele ficava ali, coveiro, a desdenhar das certidões dos passageiros, a agravar o som da igreja do relento, a astuciar sobre os meneios das trilhas, a rezar um mau orado para quem passeasse perdido naqueles largos da noite, seu paramento era um costume, uma veste grossa de igreja, suas penas eram uma igreja, tão livrada, que nem o vento nem o mar do nada o arredavam de seu jeito no varapau, mas somente o escabreavam pelas penas, somente num arrepio precinto, um arrepio bem santo, um mal-arrepio varrido, onde as penas dobravam-se, libertas, e ainda assim, vadias e bem apreciadas pelo tempo de vento, mas não tão bem livradas para o mundo, e sim livradas no mundo mudo delas elas, ai medo Tear, medo

Mas, não era assim só

Disse Tear

Há histórias de vãs navegações, bem amplas e reinadas, pelos apelos do deserto, de dois urubus bem coveiros, desses que observam o sertão das solidões bem de cima, bem do mundo, que vagam cabreiros, covis e aventureiros

Depois de Havido dos Tempos e Havido dos Dias, nasceram dois outros de nós, mas que passeavam muito pelos caminhos áridos do céu do deserto incerto e cheio de porventuras e desaventuras

Aguiar e Limiar, em seus voos reis, batiam as asas bem cavas, e, vadios e vis, varoneavam todas as vias do mar **ar e** pingavam, passeiros e largos, nos postos do deserto, bem ali perto das constâncias de nossa vila diária, e peneiravam o silêncio quente dos dias, a similar as coisas, com seus quei-xos de atavio, a re-tratar as coisas e as casas, os inícios de pergunta vilã e as crianças, numa Ouvidança toda Real, ven-do as casas por consideração, e virados contra o vento com consideração, acavados com suas unhas unguentas nos tro-nos pobres da vara veleira, todos os dois bem cavadões, qua-se entrando em si mesmos, com os pescoços contraídos a atraídos para dentro de suas casacas secas, contra-vendo as vidas amargas e felizes de nós cercanias, correteiros, força-dos e no trato de todo dia

Quando o vento insistia, vindo com seus véus felizes, a assoprar com admiração aquelas penas, eles ficavam mais desertos ainda, penórios, com fome de pouso, e acabavam por ascender de novo à glória de mais um voo rei, largos como os arcos da vida árida, nas praças das bandas veredas, ficavam de olhãããããããããããão nas casas, nas coisas, nas vi-das, nas corridinhas de cada um no seu umzinho de dia dia-zinho, cheio de moldes para a vida pacata, aquela que re-trata todos. Vinham os dois, aviando lado a lado, polei-ros, como se voassem rampantes sobre tudo, como se trou-xessem suas casas consigo, como se trouxessem-se como trouxas frouxas, e se lançavam para os voos habeas como roupas, roupas de mundo, eles eram uns arca-mundos, abraçando tudo com seus voos de vagarosa solidão. Não tí-nhamos pavor pavão deles, não. Mas de vez em quando en-tre as vidas dos dias eles dois sumiam, a preferir se professar nos altos da noite, cada vez mais íngremes, cada vez mais declives, a atentar em direção a algum covil de varas, bem no meio minguado das sertanias, de rechaço contra os paus da solidão, naqueles portos entristecidos onde um mundo para-mundo vivia, ali eles pois apousavam, todos cordões, como se viessem sobreviessem ligados a alguma mão, a centrar naquele poste, atordoados pelas vias das brisas, mas pousavam, centrões e asões, a tramar vasculhar solidão nas varas

Aguiar e Limiar eram dádivas de nossas sertanias cercães

Vinham a cercar, a cada vez mais fechar o pouso ali no sinal do poste, dando voltas entre revoltas, até que o lugar mirado finalmente chegava a eles, e eles pousavam com reinar e igrejamento, cercões e igrejões, faroleiros e semblantes, naquele lugar único

Aguiar e Limiar se faziam companhia, viajavam numa reta debaixo da cobertura do céu, Gurjão "abraça-céu" dizia, todo monumental, vileirão, que eles eram também vileirões, que voavam com dinastia, de grau em grau os elos do céu, talvez a visar algum mal corrente entre os preâmbulos do árido, viam jurados pequenos paus por um fio da solidão, habitados, povoados por abutres secretos, Aguiar e Limiar, dizia Gurjão cheio de firmamento, voavam pelas vias ajuizando ajuizando, enquanto aqueles lá de baixo permaneciam padecidos encolhidos naquelas missas do deserto, onde o calar almava

Muito corajosos, esses aí: Águia e Limiar, ficavam a dourar o céu com seus voos capazes, vagueiros, cargueiros, a fazer mundo sobre as coisas. Da noite, as coisas ficavam de manso, mudas e passageiras, sucumbidas nos territórios moribundos das aladas cercanias, o silêncio de suspense, o ruído lacrado do vento, um terror de vulgos, entre os postes e os varapaus que assistiam os caminhos, eles dois, Águia e Limiar, voavam sucumbidos, pendentes, paralelos, num aseio inglório pelos cercões das aldeias:

Muito corajosos, esses assim, Águia e Limiar: ficando a varrer o céu, a fiar coragem, esvoaçando com condolência, cheios de patrimônio pela terra, amantes da noite volitiva, tormentosa e desagradável, de certo uma senhora de respeito em meio aos sons de tudo, cerimoniosa e universalizante. Viajavam, os dois, naquele sucumbir, velejando baixo, rente aos paus podres, num cruzar, num cruzamento de céu lastimoso, escurecedor e sacerdotal. Aliás, eram os dois dois viajantes sacerdotais, velando velando aquele mar, monumentais, a fazer cruzamento. Os enredos noturnos, diante do escapamento do vento, se rezavam, pesarosos. As noites dali eram só para os que alibravam, que imploravam e infloravam, pelas asas livres, por perdões sinistros:

Muito coroqueiros, eles dois, Águia e Limiar a buscar busca, a buscar o que comer com os olhos pela seca só, pela seca tão sozinha dos arados tão desamparados, debaixo dos relâmpagos da ventania e dos mares abertos da brisa, que bailava, má, para os contrários, e trazia de volta os confins, e os cuspia, toda eterna

O vento, naquelas horas, dizia Gurjão, era um campo estranho de estragos, tragava as coisas e as devolvia, libertas e mortas, o vento as batizava como um ídolo, tão mundo e tudo, que dançava às espreitas, a vencer as desavenças das intrigas escuras, o vento era um bendito dos estragos, arfando e se rasgando

Precipício se lembrava daqueles dois, dos dois que Gurjão "abraça-céu" tão bem falava e adocicava os lábios para meter medo de respeito entre os vileirinhos, enquantos nós, dizia Precipício, nos recolhíamos em nossos olhos, colhíamos nossos olhos fazendo trevinhas com nossos receios covis, era um medo zelado

E Tear continuou sua estória, aquela de quando viu e vil quando um contrário veio se apousar no pau-varal que ficava bem no cruzamento dos caminhos, e este posadão ficou de porventura ali, como um mal-aviso, de gaita, ali, para agravar com os olhos a quem viesse de inocente para aquelas paragens, ficava de monumento e momento, postado e com bico e cara de garfão, a bandear o passante passageiro pros caminhos mais sem certidão dali, a cercar cercaniar com seus azares quem por ali missionasse

Ele, dizia Tear, antes que se desprovisse do poste velho, ficava ali de missiva, também, ordinário e eterno, adulado pelo vento, a penitenciar e zelar pelos juramentos do caminho mal-azar, um jurado da noite, ali, naquela encruzilhada:

Quando, na desaventura, o vento trazia de correio suas mensagens mais mundiais e cósmicas, ele ficava de feito, palavra parada, palavra estátua, mal-olhando todo e qualquer sorteio de coisas e passagens com cara de Mundão, aseiro, a se coçar e catucar sem destino, pilantra, manco, e às vezes aflorava as asas, afastando afastando, de ar em ar, com cara de Missão, carão:

Ele, dizia Tear, todo conselheiro, ficava de rumor, de má paz, com os prometidos da encruzilhada, todo gaifão, batendo as penas todo libertão, como se fosse se enfear mais e mais para o passante novo, tão principiante por aqueles principados senis:

É horrível vil, quando um desses fica de bucha, de gaita, de Olhão, Garfão, sobre quem passa, é como se o vento fosse ventríloquo, batizante escuro, tradutor dos submundos, e ele, este caveiro, abutre da consolidão e da Incertidão, fosse a chave da porta sem chave da sólida solidão, como se ele, este coveiro, a cavar quem passa, a cavar com o bico quem passa, fosse um amparo senil:

Ai, terra! Ai, céu das terras! Ai, terra dos céus, este caveiro, de cócoras, ali no pavilhão certeiro das sombras, de alicerce naquele pau, ficava cavado ali todo moral, cavava suas penas, picando-se, maldito, sem horas nem idades, a tramar os olhos, a tramar mais cavar, a baixar o bico cavão quase a engafiar quem passasse largueasse por ali:

Temível terra das sombras, este aí, Disse Tear, com Ditado e respeito e receio, ele pousava com ares de terra, era uma cercania uma paragem viva, fazia aragem no peito, picando as penas, todo golpeiro, todo garfão e de olhos saltões, com ar de sobreataque:

O pescoço, pescão e tortuosamente entroncado, encolhia, intrinchado, como se fosse podre humildade, mas era viral, como um acabamento das moléstias, um gancho cego, a atacar e atacrar e atracar qualquer traço de alimento ou tormento, os tacos tortos das pernas pernotas, um desdenhar das linhas, um posto pavio, fino, íleo, onde ele acostumava seus pés enquanto a noite arfava, lenta:

Ficava ali de pisa, engajado no varal solitário, apegado naquela rente de madeira, com o pescoço a mancar, e os tarsos tramados, de agarre tão forte que eram o próprio alicerce de sua morada, ficavam de cabo ali, de agache, e seus voos não se elevavam não, seus voos tombavam para outras pátrias do sertão, noturnos e cedidos, em voos cada vez mais concedidos, e o país do silêncio os seguia, e quando iam para outras esferas das sertanias, pareciam trazer armações nas costas, traves, voavam de trave, pareciam traziam cangas nos cotovelos cotós, pareciam armadilhas escuras, covis e adornados de segredo, estes câmaras:

Tear dizia, lá em nosso Vilarejo dos Vilões, tínhamos um nome certo para estes que se queimavam ao sol ou que sitiavam os varapaus nas dormidas da noite, eles eram os cangas, pois sempre quase eternamente e malditos, voavam como cangas, traves:

Olhe ali! Dizia seu Gurjão, olhe os cangas, de novo de banco nos paus, de novo de previsão nas varas, encestados nas encruzilhadas, com seus olhões vilões de cruzadores, catando e contando todos e tudo que passa os andarilhos e rilhas do chão pedroso

Lembro-me bem, disse Tear das Vilas, o das palavras

Mas, alto aí, senhoris covis, nem sempre fomos da moléstia e nem sempre fomos que nem os cangas

Ali em nosso sertãozinho poeirento era somente um modo de um ser, que ser da moléstia é ter sertão nas naturezas ser de origem solitária e sertã, aviver do apouco que as sobras das veredas nos dão, os mangueados, isso sim era nossa moléstia

Mas desde que o homem é o homem e nós passamos a ser o urubu, nasceu na terra a moléstia dos homens, da qual avivemos sob o calor dos dias morados por nós com paixão, que de tudo que a terra desiste nós ressuscitamos, e se hoje Hoje somos cangas nos postes e telhados das casas, nos encimos e encilhos, é porque carregamos nossas pátrias de urubus vilões em nossas costas, agora que estamos descampados de nossas veredinhas e de nossas sertanias antigas e estamos acampados nos dias do Hoje em outras veredas de igual sertão e cerca, as paragens dos céus acima das cabeças dos homens, os largos altos das igrejas e das construções honradas que nos recebem como aqueles velhos varados lá no meio fim do nada dos acabos

E nos têm por vilões, malaques, como se fôssemos a escuridão do mundo.

Assim é quando habitamos as paragens humanas.

Quando duma vila pobre, abravada pela vida penosa, quando um homem vem de algum lugar e se perde por bem ali, e vaga, à procura de alguém, de uma palavra, para achar seu destino, então vê as casas, amontoadas, as casas de madeira rota e emborcadas e caladas, os altos sem cor, com musgo e lodo e mofo, as ruas com poças e lama e más aragens, o mato crescente e valente a dominar os dias, o calor enxergando tudo e brutal, vil e mar, tudo ali sob o reino dele, um reino sem mundo, não há cães, não há animais livres, não há galinhas a dançar e correr nem cocar, nem pássaros bem assim, pombos ou outros que se parecem com principados de pequenos mundos principiados, nem homens, o rei, que poderia por ali passar, em sua matina ou dia da tarde, carregando as provisões, não.

O que se vê, se enxerga bem apontadamente, o que se atinge, o que se avista e se anuncia aos olhos são aqueles quatro, de missa, encovados, silenciosos, no muro pacato, ali, o mais alto deles, sem timor, sem terra, sem honras, o final das vilas, eles quatro de ilha ali próximo ao telhado, bem num ponto sem ponto, um semelhante ao outro, como se um repetisse o outro, como se um fosse gerado do outro, com suas cabeças de montanha estranha, com suas descidas sem subidas, com seus ares de paz, mas a zelar pela catinga das carniças, a catar as penas, com ares de terras esquisitas, pousadas num só todo, pousavam como regiões, o sentimento deles era uma migração.

No relento, ficavam a fiar quem passasse, e com jeito de olhos gerados, viam várias gerações de movimentos, e se coçavam com gerações, e cediam, a respirar e altar para as casas à frente, para logo depois no depor das sombras, naqueles meios de mar onde o sol ressurge e some de amém, logo depois copular com os bicos as penas danadas e chorumentas, então viravam as torres dos pescoços, coras de pelanca, e torciam estes mesmos pescoços com geração, a mirar, a ólhar a Ólhar tudo com paz

Somos da paz branca, isto sim

Disse Precipício, todo ouvindo e rezando com os ouvidos as palavras de lavra de Tear das Vilas

O que se disse do céu não é do meu dizer

Fomos rebaixados do céu, por alguma razão

E não é a terra nosso céu, agora?

Disse, adotado com as palavras aves, Precipício

Somos a paz branca

Alva e alma

Mas isto susta os homens

Isto os assusta:

Não dizem, Proventura, que os homens vivem de castigos e veem o céu com temor e destemor, um além abença santo que ninguém entende se faz Mal ou Bem?

É, é uma verdade, Precipício

E que tudo que é do céu ou se afasta ou se respeita, sempre mantendo a altura da distância

Paz branca mete medo mundial nos homens, é coisa dos aléns, dos confins, dos fins e dos améns, coisa cheia de ave, de dó, condolida, ninguém tem ave da graça de tocá-la na mão, pois assim descende tão perto, das escadarias do céu? Assim, de forma negra e com meneios de anjo mal?

Ninguém acredita nem dita nisto, que as asas do céu alibram sobre a terra, sem luxúria, assim, doídas de misericórdia pela carniça, que vêm a beijá-la, doidos de dolo, arremetem os voos, e vêm aparados, para pousarem bem em cima

Pois se uma paz branca está assim tão perto dos homens, estes não acreditam e pensam saber se tratar de uma inglória, um mal agrado dos céus, um castigo, um anjo abominável mas não é esta paz seria não uma presença das terras mais escarpadas do céu?

Pois o céu é escuro, e tal a carne

E as cercanias mais longínquas são paragens que metem medo nos humanos, mas ali pra cima, agora pra onde olhamos com receio nas intrigas dos olhos, não é pluma, não, nem alvo nem claro, é sim um sertão onde o próprio rei dele se encarquilha na seca, é uma paragem das mais idas, das mais distantes e árduas, para ali pra cima há reinos de terras de pouca água e de andança desértica, as vilanias têm sabor de calor, as falas são sempre iniciantes, a vista para lá é cega

Nestes céus sertões as asas têm coração de distância

Veja os dois pássaros ali naquele largo, ainda o primeiro de muitos mares:

Vv

Aviajam, por Provento, para atravessar travear a carne com suas tramas, com os dias nas asas, como sinais, naquela dança desprovida do céu dança terreira do céu nos véus da altura

Quando vêm de ave ah sobre as casas, eles estes astros

Vêm de longas viagens pelas terras do firmamento

Trazendo a paz Branca

Estes filhos do céu

Vêm de louvado, nos seus voos pelos escuros do dia, nas suas asas de abre-alas

Estas pátrias aladas

Eles ah vêm de avião de Vião

Tão ave graça

eus voos são vãos

As sombras separadas passeiam nas ilhas do chão,
irmãs

Isto é que é, credo, ah falou Precipício, fazendo feito
com os olhos

A paz branca que somos, ah

Esta dá temor amor

Que ninguém credite que um este sim do céu há de
porventura descido do céu. Ninguém, não. Eles nos têm por
anjos negros, escuros, decaídos da falta de luz, mas vejas
bem, Tear, nos domingos, sob os véus dos céus serenos, nos
apaziguamos em algum batente de prédio, ao longe, plenos.
E vejas como nossas cabeças são de paz, pequenas montanhas estas que ah lembram as colinas de nossos sertões santos, e se fazemos mar com as asas, batendo-as, franqueando-
as a livrar livrar, sem nos depor dos altos e das telhas diárias,
é só oh porque fazemos mundo com elas, é só porque fazemos vilas com elas, a anunciar Anúncio das coisas e a fazer
avariado das causas, que somos moradas que nosso bento
amor é pelo espírito das carnes, tão branco que invisível, o
mais das vezes vazão e evasão, que carne guenta lamento
não por muito tempo, ó

Eu, Tear das Vilas

ó

    ó

Fico de olhó, ôlhão nas verdades verdes

Sei que em nós sendo a paz Branca ficamos muito claros pro batismo destes castos, os homens, e eles no seu ser cego não se fiam muito em nós, e até temem que a paz Branca seja esta com seus véus que vem a calar as dúvidas que vem a parear com o sofrimento para dar modéstia confim a nossos sabores terrenos, ah paragens pelos dias adentro dos dias adentro

ó

    ó

Então já se viu, no ir da crença dos humanos, se crer que um santo, desprovido do céu, se ah de ater tão perto, tão real, nas alas das asas, tão perto dos arautos homens? Pois quando ah um pássaro paixão, um urubu, se atreve no chão, no domingo livre, diante da carne lacrimosa, e a olha, com sua mira de dó, seu jeito de santo de asas, sua manta tão celestial, tão branca ou azul, apesar do apesar do seu pesar escuro, e escapa um bicado ou dois em cima das vestes da carne ó santa ó mana, e toma um punho puro da matéria dominical, com o punho apuro seu bico seco, a aparar a carne, em idolatria, então este fecundo em seu ajoelho em cima dela não quer nada mais dizer ah não ser a não ser que ele vem milongado com todos os seus véus a supor a carne grata, a tentá-la, em seu resgate de céu, a cegá-la para o ventre eterno dos exílios, estende-lhe o bico com pressa prece, e molesta aquela encruzilhada entre a vida e o nada, e assim fica como numa missa, com seu manto branco, a velar a paz, este um de nós, um Paz Branca dos Céus, um paz branca das aragens do céu enveredado

Te acuso!!!

O grito Maior

Que ah vem das grutas da boca de um homem sem améns, sem prezo por nossas vossas caridades com as variedades da carne avariada

Maldito sem sangue!!! Tu, suspeito!!!

O grito Maior

Vem fosco de encontro à nossa grã-paz terrena e céu serena dos domingos de asas livres

Assim, ó terra mãe, paragem feminina das colinas sem precisão nem ah

Assim eles, os homens, dizem que ficamos, nos altos, a mirá-los, eles, os homens , temerosos de tocar coisa tão divina

"Vocês, urubus, coqueiros, ficam de supor nas telhas, a ver velejar tudo que ocorre corre acorre lá embaixo no linguajar, suas línguas ficam como fitas, largadas e cheias de aporias, vocês ficam de suspeita nas telhas, a mirar passagem nas coisas, a ler o mundo em vão, a sabiar sobre as coisas, a enveredar as causas das casas, porfim se enveredam nos céus, se precipitam, ateiam voos aos céus, cada qual em seu mar de varreio, a passear, escuros, como cruzes por nossas cabeças ocupadas, e vocês fazem preâmbulo com as asas, vêm nas caldas do vento, se alentam nas vagas do tempo, nos subjugam, valentes, a vilar o céu a v ilhar o céu com seus voos de véu com seus v, que nós nos sentimos num templo! Mas fatalmente nunca nos lembramos disso, pois uma vez expulsos do céu, não acreditamos que ele possa estar bem ali no mercado, bem zinho ali, a poucos fios de distância, a um só toque do bico, tu

Tu, urubu dos milagres, que fazes a carne se esquecer dela, para bem celeste, és um para-mundo, tu vens descendo de escada nos teus voos de ó oh, vens fazendo escadaria pelos caminhos preciosos para a carne a busca em busca dos dias, vens fazendo giros e contornos e vens no adorno condecorado decorado das tuas asas, tuas as tuas asas tão libertas do sacramento, a polir os azes dos ares, vens de resgate a cegar os dias que tanto tão nos afoitam que pensamos serem os dias os adiados esquecidos que passam por nós como sombras nas caldas do céu!"

Habeas Asas,
Sertão de céu!

"ah, estes dominicais, ficam de voar de encontro, fazendo voos comparados, comparando a terra, meio oolhandoo, aassimmm, passando de fino sobre as coisas, passarejando a fio pelas casas, e ficamos a ver e ser habitados por suas sombras comparadas pelo chão eterno, depois eles se aparam nos moinhos do vento lento, ficam de debalde, secretos, a flutuar a atuar no ar alto, fazendo aparência sobre as coisas, suas aparências as sombras a viajar o chão, pesadelas, ingratas gratas, a retomar vida entregar, neste seu correio infinito, onde voejam e fazem desenhos nos céus, infantis, é verdade, mas brancos como a castidade sonsa, ah ai por que eles tanto povoam aquele sertão ali no alto, por que eles tanto povoam o vento? Por que estes ventos, em seus destinos áridos, guarda-vidas, guarda-dias, são povoados por eles? Existem tantos povoados do vento que eles ficam, aqui e ali, entrando e saindo daqueles eles povoados, os vilarejos do tempo escurecem com a chegada a iniciação de uma chuva infundada, corrente, que vem repentina de parente com as causas. Ai quantos povoados nas brisas, por que eles estes urubus, coqueiros, são tão vilões? Que paragens eternas são essas aquelas bem nos lás dos alis, estes supostos, que ficam de bênção nos largos do céu, que ficam de bata nos meneios do anjo céu, estes evocados, que vêm de virada sobre a carne, quando a veem de longe, ela a carne cárcere a os evocar, e eles descem de suas cercanias, enquanto o vento fica a povoar nossos ouvidos fazendo ruído de fio som de longitude, eles estes anjos negros vêm nos seus voos de longitude e magnitude, atrozes, castos, marasmos, velhotas, com suas pernas de manca, os ossos finos e virgens, a emparelhar junto à carne, pousam repousando na calamidade da carne matéria, atrevidos, apousam de atributo sobre ela, a lhe conferir um ou dois salpicões infernais e caridosos, e retiram um anel das tripas, um cordão de tripa que é disputado aos tapas de bico e regaços de asas de ases e cutucões sisudos de ombros omoplatas gagás, estes vira-chãos, anjos vira-latas, mundiais e sempre nas maravilhas do incerto e perpétuo, a divagar a carne, lhe tirando leves pintas, a pinçar com os bicos as covas do corpo, eles eternos próximos, anjos negros, amantes do escarlate, a cor serena dos peixes já passados e fazendo bucho com os lábios, dominicais, eles vêm colher seus dízimos na igreja maldita dos saberes do chão, eles os urubus bu bus assustões vêm evocados pela carne, vêm para a carne invocada, inchada, ah as barrigas dos peixes que o diga já fatigada de existir e insistir, estes urubus corocas evocados!"

"e se abucham sobre os contrários da vida, atirando-se nela com Amância e performance, duelões, se amolando uns aos outros, amolando as câmaras da carne, torturando o terreno da carne, silabando os bicos, cheios de regresso, seus voos de regresso às calhas das casas, seus sítios nos altares dos parapeitos, suas intrigas nos amontoados milagrosos, seus voos de sereno sobre as bostas do chão, os peixes que ficam de será ao longo da areia criativa cheia de toda sorte de sortes e atributos enquanto a essência da água começa a chegar, com suas ondas véus velhas, como sempre a lembrar do regresso das coisas causas caras, as pilhas ao longo dos longos lugares e recantos da areia úmida, imortal, branca, plena de cacarecos e pedras castelos de coisas amontoadas e passeadas pela maré até se repousarem nas igrejas do manto do chão, o colóquio eterno das bocas dos peixes a renunciar, o mundo harém dos mortos, uns por cima dos outros, estendidos e fendidos por estes marginais, os urubus, deleitosos, que rebelam as asas milagrosos, dizem ó eles, nós recolhemos a carne e viemos para norteá-la para outras terras, as terras de nossos estômagos, ah de nossos natais, dizem eles eh, ficam de epa sobre a carne falida, vadios e cretinos, a cobrar da carne a cobrar, corocas, estes corocas que cavam a praia das carnes e dos ventres banhudos dos peixes rijos, ficam de cajado sobre a carne benta, a paramentar, ah estes améns! De vez em quando, é a verdade, nós homens brutos ficamos a os despraiar dali, os fustigando com a ilusão de nossas mãos, uma só varrida de mão e pluf, eles se aletram ao céu, sem nome, num vendaval de asas, num avental de ases, asas ases,voando com gases nos pulmões famintos de ar, fazendo ruído fantasmão de combustível mundial e eterno! Eles assumem o céu, regressam para as suas torres natais, relegam a matéria para trás, mas mesmo assim ficam de improviso e de viso ali em cima, para dali a pouco re-pousarem, pacíficos, cabeças de paz, sobre ela, a matéria embuchada, para de novo novinho novinho nós os despraiarmos daqui, com um súbito da mão e eles, varridos por esta impressão de ataque, arrevoam de novo num véu louco, cada qual para seu lado, num descarteado vertiginoso e virginal, sempre como se fosse a mesma vez, eles assumem ao céu, todo-cheios de indumentos, com as matas escuros, os momentos nas asas no alçar, com ases no sucumbir incumbido ao céu deserto, afloram para o alto como povo, atinam para o firmamento como um povo, a calibrar as núpcias da realidade, pavões, fantasmões, com seus asões abrindo como se abre e libra um abismo, estes catões, que voam avoam afloram apovoam como tãos, amplos e destinados, comdestinados, à torre do sol. Estes maravilhões, que voam esquecidos de si e avoam apavorados e apavorantes, a sitiar a carne do céu, feito espíritos, avoejam asssimmmm soletrados de tantos em tantos tantooooos eleeeeeeeeeeeeeeeeeessssssssss num voo adiado das asas, quando eles param em planos médios entre as altas construções e um telhado detalhado. Quando eles param por ali, de susto, se adiam por uns tempos pequenos naquela paragem aparagem, passageiros e mensageiros. Ficam de menção e mensagem nos telheiros das honradas casas estendidas em amém para os céus amémmmmmmmm, e eles se aparam naquelas moradas francamente tristes e gostosas, e ficam com os bicos a apunhar e ficam a fazer gotas com os bicos, estes bicos que servem de chave para abrir milagrosamente os sorteios da carne cara. Estes abutre solidões, estes solidões, que topam nos muros a observar observir feito parlamentos lamentos os contornos da realidade da bênção realidade, então estes fantasmões, com as asas bem libertas abrindo para uma cruz pouco amada e desornada, fazem ave com elas, e nos olham de lado como quem incide os olhos de aproveito sobre o expurgo, ficam pouco concretos ali, a desmentir os pares mancos dos tarsos, a ilhar ilhar, até que Enfim fim, alargam seus voos, e vêm, aviões sobre as coisas, existindo vento, aparição, mortos de eterno, mornos sobre os mortos da ah praia, assaltando a carne, falhando os voos comdestinos justo para se motivar sobre a carne, ali onde espadam com os bicos de ponta confiada, tortinha para baixo, um gancho medalha, confioso e honroso, a molestar a matéria morta, e bandeiam sobre aquele monte servil e servão, a papeá-lo, a atordoá-lo, mas nós homens não nunca os deixamos em paz, estes anjos escuros e loucos, e adoidamos as mãos como a apaziguar sinal com elas, e eles, os urubus tortos, rebatem voo, e planam em direções destinações atordoados às atordoadas tortas, nas veredas intrigantes, eeeeeles eleeeeeeees vários avariados de pátrias, soberanos do país escuro, divulgando as asas, anunciando as vilanias, lentos e guiados para as ilhas mais mortas das casas e santuários das igrejas, nos postes e taças de palácios, a re-pousar assemelhados, em filas iguais, como um bando, um dia bando, sob as fagulhas e agulhas do sol cera. Se entulham ali, soberanos, de porém sobre os homens além no chão, para eles nós homens somos aléns, tão eles temerosos de nós os da labuta, enquanto eles ficam de ofício ali, no ponto certeiro dos dias das horas ancestrais, nos seus ossos, a perfilar todo povo, aquele receio ali, uma massa de anjos, mas mal sabem eles que somos nós que os vemos com amém, somos nós aqui homens que os vemos como aléns, e não sabemos até que ponto eles são uns aquéns dos nossos comércios doloridos, pois para Mim, eles parecem saber eles bem ah bem sabem do que se trata, sabem de nossos vira-dias e vira-noites. Ali eles se punham, de montes em montes, meio monges, com suas batas covardes, a se encruzilhar e enrezar com o sol, nas encruzilhadas do sol, ali ó, ó, ó bem onde o sol pega e resseca e cega e encarcera...eles ficam de cárcere ali naquele pátio dos dias, ali naquele pátio dos améns."

"eles adejam e abandam para o altar-mor do alto morto das tiranias do céu esquecido, vão sumindo, ah ar voando nas castas do vento, entre as entressaídas das brisas advinhas, voam bem sobem, voam para as solidões, voam para as solidões mais altas, para os acervos mais altos dos dias e admirar o mundo daqui de baixo e com certeza seu ponto de vista de nossa terra é admirável e santeiro, que me dá vontade de rever ser um deles, de revelar em Mim asas, mas pelo que vejo me contento com a pedra ossuda e de dó e pena de minhas mães omoplatas!"

"eles vagam essas sertanias como quem além divaga, e com suas cabeças de pamonhas vazam pelo céu, fazendo balde aos círculos, baldeando baldeando, como que quisessem dizer por vadiagem o que o eu céu tanto cala nas suas secas e nos seus vagares de nuvens, aquelas colinas naqueles longínquos caminhos fugindo pelos altos e baixos intermináveis, montanha acima montanha abaixo, nas notas eternas do muito mundo, e ficam de nota, a nortear a nortear, e batem de bafio as asas, e se atordoam a flutuar, sensacionais e humildes, por aquelas veredas castigadas, nuvens orem por estes cúmulos da vida!"

"estes compatriotas de tal pátria dos ares, os caminhos desertos de mundo vago, eles são molesteiros, a inducar a carne com seus sabres, ficam de caráter oval, ovóides, com suas cabeças infantis e idiotas, maravilhosos, a missar sobre a matéria, puxando laços de carne e fiapos infinitos das câmaras ocultas da bandeja das barrigas, se servindo a molestar a amolar a violar aquelas intrigas, a missar e versar-se sobre a carne imolada e barroca. Um deles, ali se depõe, como uma proposição. Uma proposição dos céus. A pisar de monumento eterno. A minguar, atracado ao seu escuro. Ele carrega a casa de uma escuridão dentro de si e nas costas mundiais e viajantes, este Missão, com seu bico de julgo, de testemunha sobre a co-missão dos urubus u-rus-u-rus a respingar, moles, de medo em medo, nas chances do chão, e a vidigar sobre a coisa bojenta, a bajular aquele quadro das carnes mortas, u-rus-u-rus, até que se picam, sapecam, e enquanto uns pongam para outras localizações, para outros cantos de vista, outros se amissam mais a mais ah mais a extirpar a gordura boçal do ido, francamente dado à vida, bolÓl, inchado, o peixe dos vales amorosos do rio"

"molesteiros, estes senhores daquela pátria ali de cima, daqueles cangaços esquecidos, são tantas colinas de nuvens, pórticos entre elas e a ascendência do sol, tantos portais e cancelas, tantos sobes e desces, sobe-viras, tantas veredas a perder o olho de vista, lá lá lá, e quando fazemos chuva com as mãos, para os molestar, eles se afugentam para o amplo largo do céu, certeiros e incerteiros, para suas aviações e aveações diárias e para suas direções diárias e para suas regiões de dia, para suas regiões muito diárias, aviam e aveiam de salva-guarda no alto, com receio penoso de nós, e não sabem que nós é que temos medo ó deles, ó! Quando os afugentamos eles se precipitam, se abismam ao céu, idólatras da carne carente de céu, estes Andarás e Voarás. Eles se alicerçam alto para as paragens e vilanias e sertanias dali ó dali ó, aos andarás e voarás, pois, me parece e me aparece, enquanto uns deles aparecem andar no céu outros parecem voar no céu, daí que entre eles os andarás e os voarás, filhos da Pátria Proveniente das Promessas Eternas!"

"e eles vêm em nova eterna remessa de pouco pousar de povo ao redor em cima da carne lacrada, aquela, a mesma que os contagiava com seu buço, seu bojo, e se punha para eles como uma serena bandeja, o peixe a fazer aspecto com os olhos embaçados, o bafio do odor, um odor de odor, a paz de uma peste, a paz branca destes ecumênicos do céu sertão e certão e incertão. Lá se vão, Orestes, os andarás, de novo assumindo ao céu, cheios de relíquias nas asas, cheio de relíquias nos estômagos, voam num voo tomado, certeiro e incerteiro e incerteiro, para o divino céu de seus sertões, estas asas de barrigas cangas, estas asas de sertão, voam num voo tomado, enquadrado nos confins reinantes do céu longínquo, estes abas infinitos!"

"mas, seu Reimundo, não entendo como seria e é possível se andar no céu, é possível, homem dos nossos, que se ande no céu, assim, num apalavrar das asas ases e penas dós?"

"ah, sim, é mundialmente e eternamente possível, impossível de não ser possível! Os Andarás, lá se vão eles, levados pelo céu, a peregrinar, ardidos, com os pés na cansa do caminho, os pés ardilados, passeandopassareando por aqueles portais portequinhos e cancelas, a buscar suas casas divinas e eternas, ali ó, vê ali ó?"

"os andarás assomam em voo triunfal à caatinga do céu, entre eles os voarás também astutam com baixos voos, só para sair da cena do receio, e quando paramos de fazer chuva, chuvinha com as mãos, eles voltam no já-já, a ficar de u-ru-ururu, a bandear sobre a matéria, ai os andarás, nos nossos dias mais tristes, quando passamos pelos largos do rio e do calçadal, quando pensamos na riqueza das coisas da carne e na prosperidade, passamos com receio ao largo deles e pelo largo deles, e vimos com tristes olhos ó tristes olhos ó aquela cena diária do estrouxar e desentronchar da carne morta, aquela troça deles em cima dela, naquele cemitério eterno da praia, entre os barcos encalhados, francamente habitada aos fantasmas por toda sorte de sortes de coisas e causas da vida, moedas, jóias, mendos e remendos, panos cheios de anus dos esgotos, pedaços deles, de peixes, bocós, com as caras de faces, a olhar de lado, mortos, o céu do chão, largados pela maré, indo e vindo dela de re-penitência, e aquela penitência deles em cima do ocaso da carne carnal, a deglutir, com atrevimento sobre ela, pequenos mantos dela, a engolir com modo jogando os moles dela em seu bolsão em seus bolsões, até os estômagos os esgotos da paz se estufarem bufarem de tanta maldita prosperidade pela terra, ai, esta vista nos toca muito, pois passamos bem ao largo, tristes, e não queremos ver aquela cena do eterno tão perto de nós, passamos perto deles enquanto eles alargam suas asas, casas de voagem, uns para os outros, a desafiar, e alargados para nós, a anunciar voo sob receio, ficam aqueles andarás e voarás a desafiar a carne, fiando e desafiando suas tripas, pirados e pirando em cima dela, a puxar dignos indignos males dela, enquanto o peixe começa a sumir para sempre para a eternidade de nossos olhos, talvez nós homens humanos ai ó não vemos com nossos olhos ó ai o quanto aquele gesto geral dos urubus u-ru-ururus andarás e voarás é um gesto secular da eternidade, e pensamos ser só o sintoma dos dias, onde uns ficam e outros continuam, onde uns ficam parados para sempre em seus dias enquanto outros continuam suas veredas, certões e incertões! A essência dos andarás e dos voarás é serem ah ai ó é serem Certões e Incertões, pois com a diáspora de suas penas, com o libertar das asas para as altas e românticas paragens, de nada tem de certo a não ser serem incertos, lógica anal dos confins! Adejam de dialálogo com os dias dos céus, ficam de romance entre as nuvens, seu aviar inicial e mundial, lá ali ó nos confins destas terras daquelas vilas, é um bem estar romântico, um estar romântico entre os bens das nuvens vagas, ficam de romântico no céu vilão!"

"deve ser de difícil peregrinar no céu, a escalar aquelas terras mais altas, a desenvolver calos criados, olha aqui, daqueles bolhões, e quando os andarás, ali do mercado, depois de acometer a carne assim, sobem em entre seus voarás, a ascender às escalas das nuvens, ai parecem tão longe estas paranias, tão tanto longe o deserto de fazer moinho na nossa cabeça, eles voam alto como quem beija o céu com seus tarsos calões!"

"travam-se com o peixe já doado à vida como quem além com os corações, como quem amém, pois sabem, de saber em saber nos seus haveres, que lá do outro lado da profundidade do fundo do rio há o céu, que depois da profundidade do rio e da terra há o céu, de novo"

"pois, Orestes, como podem estes aí não ser anjos negros, como podem eles ser da paz Branca, ser uns paz brancas? Se consomem a carne com tantos francos modos? A digerir o eu dela?"

"e ficam de ou no vento peregrino, ficam de ou ao vento, da mesma forma que os peixes ficam de ou na correnteza das coisas da água, ficam meio assim, de lado, a se abandeirar como se fossem lembretes do céu ou da água, a adular em meio ao vento e adular em meio ao vento das águas, a ondular suas essências, a brincar de tempo, a trincar com a Eternidade do devir, sabe?"

"Ah, seu Reimundo, como dizia meu tio Adias, eles ficam é bem assim de aparagem no ar, de deparagem nas casas, de voagem entre os pequenos séculos das brisas, de viagem pelos terrenos firmados e altos, de parlamentagem sobre a carne, de aprumagem, de visagem nas igrejas, de igrejagem sobre os ossos dos mortos, de promessagem para as nossas dúvidas, de amolagem entre eles, de violagem entre seus voos libertos e de violagem sobre o ó aberto da carne, de sitiagem nas casas altas, de amparagem sob a chuva, colhidos uns entre os outros, de amagem entre as nuvens, de vilagem quando apousados aos poucos e cristais entre os sinos, de fantasmagem quando se avoam em passeios cada vez mais dinâmicos, de missagem sobre as réstias dos buchos... eles são uns agens, para lá e cá asas ah abatem e batem ah para ali e daqui, estão sempre numa seragem em cima de nossos mundos de terra!"

"ai, senti um molho de calafrio em minhas vidas, Orestes!"

"então, atrás vem o vento os ventos os serás do vento, e quando a chuva vem de fino a deflagrar a solidão, os deverás do tempo os fazem eles se recolherem para os aprumos de suas casas negadas"

"parece que eles voam como eu ser da paz branca, sou um paz Branca, homens"

"enquanto isso nossos eternos dias permanecem adiados"

"e estes vilões ah voam voam ar feito feitos, feito copas eternas, bem largos, como uns ah bênção"

"vê, Ó? Lá ante vão alguns deles ao céu, vão de lar para o céu e chegam de lar para a terra, pois é tudo sertão incertão!"

"e quando vêm meio ó assim vêeeeeeeeem, esses vôo-
es, zun-zando, de zão, em círculos vulgares, cada vez mais
eternos, asando e asando e azarando, típicos do escuro dos
diários, esses advirás, quando estes ah vêm ávem descendo
nas descendências do céu parado, eles vêeeeeeem assemelhados entre as nuvens, entre os as semelhanças das nuvens,
com seus corações pelo avesso, sob a fornalha e forquilha
do sol ladrante, a bandear o céu escorregadios, arregaçando
as asas castas casas, atrevendo e atraevendo para os altos
das paragens aragens estes araques com seus amplos de
arautos, suas asas de liberdade bandeira, alarmadas no céu
o que será do será deles estes que descendem bem lá do
cima dos mundos das terras possíveis, estes Advirás, os
quais, quando advêm em bando magro, em missão, se tornam os advirão"

"ai, e quando ah vemos aquele bando de círculos a caber de céu em nossas casas humanas do mundo, dá-nos
medo temido ficamos corrompidos de pavor quando ah vemos aqueles araques se aventurando ao vento a chegar comungar com nossos estrupícios, eles vêm ah de início, sempre no desvoalho das asas, a se esfasfar num farão-farão dos
ventos das penas a se emancipar nos enunciados de advinda
chegada, eles se contraem para poluir as aventuras da terra
do erro, estes acimões, sempre avoando para nós, para a carne arhhh, a arahhh a arahhhh ah arahhhh a ararrrrrr o ventre benzido da terra das barrigas "

"nos seus circuncéus, ali onde eles arnavegam e mar-
navegam, nos macios dos dias, eles escalam-se em mútuas
colunas nos altos contra os pára-altos, fazendo círculos de

relíquias com as asas como se elas fossem mausoléus da eternidade, cidades viajantes, vilas fantasmas, séculos de asas, eternos e senhores de suas infâncias"

"lá advém mais um advirá, todo arauto e pára-alto, pois vindo dos confins dos apostos firmes da terra, lá onde cancela não tem nome e nem idade, pensando bem as nuvens, tão abissais e dunas, colinas caudalosas de veredas, que ficam nos vira-dias, se serpenteiam feito montes de verdades com pátrias, as pátrias do céu, e eles, estes varaltos, que avoam de aragem naquela maragem do céu cheio de seragem e mundiagem das nuvens senhoras as que se para os olhos os"

"e que esses, tais uubus urubuuus aventrem, avoando nos pincéus, voam pelos pincéus, a marfar, vazios, leves, vêm de varalto, ao tamanho para nossos olhos, fantasmar, asmar sem ar sobre os contornos reis da terra, voam no arame de suas pernas e tarsos, a atramar, maleques, pilantras, mais um esboço dos dias, uma carne mal-falada, mas sempre ooouvida, sob a escuta imperiosa do sol que fica de Ó, só de olhal"

"eu sei que eles andam peregrinam pelo céu com olhal pelas casas, pelos peixes bujões, inchados e desachados, pelas sombras do som e pelo som das sombras, a intuir de aleatório as regiões das guelras, ali heim onde os peixes ah mortos ar-mortos ornam a areia ou o calçadal com seus lábios ábeis ah fazem um quadro de ossadal, e lama, e amores de gases podres, e eles como que daqueles que ossam o céu com seus dias de azaragem em cima da carne" "e quando, viu Seu, eles vêm de virgem para se rebaixar sobre os mangos da carne, e apetecem as penas a confinar alegria e ficam de ahmém e de alegoria naqueles pedestais, e apunham os bicos resmungados, a atacar de ataque sobre a carne, e uns, os andarás, pungam e pongam de meios em meios de ó cai em ó cai enquanto o Ó da matéria vai sendo alucinado para o muito do mundo, os olhos haventes do peixe bolucho e bolofo estes olhos ficam a alucinar inchados alarmados a se cuspir em falso a pular a paular, de tamanhões em tamanhões, enquanto eles, os uuubus urubuuus, ficam de Ásia com os voos, a rodear e radiar e rodear e enredar, numa azaragem nunca dantes vista, mas pelas pedras da escadaria do calçadal já testemunhada pelas vendas das ondas iradas e aradas"

"ah, e quando nós os chovemos com mãos, e eles se desfazem, a debandar em debandolas, cada qual um no seu grupo de falagem, as asas a se afamar, garrudas, unidas e de abre-alas, as alas das asas num há lá num há lá que nos faz nos sentir que aquelas vilas altas ali para onde os vilaltos se ataviam estas vilas altas ficam depois e depois e depois e depois da deposição e deposição e posição das nuvens, que elas são os ranchos esquecidos destas vilanias"

"São iluminados, esses daqui?"

"ôxa, nada! Eles os Os do céu das veredas sublimes, vagam a azarar quem estiver a surgir nos mangos, estes mancas, de aragem e azaragem, a acasar o chão com suas sombras, fazendo pontes de postos em postos, ali ó onde eles se afiguram para o mundial, o espectro dos elos, até que mais enfim nós ariamos as mãos e nesse colher eles travam ao céu, como se fosse um ranchinho celeste, mas desses que não há porta de boca de ninguém, eles voavam varaltos, lá dali, entende e tende o que digo, Orestes?"

"ah, é ah possível"

"e eles sobrevoam, de desvairagem, distorcidos, sem ida nem quem, sem olhar de atar nas coisas, distraídos, a molestar o cabo das coisas, o cabo das carnes, até seus finais, ali, quando a carne se avisa e some com um sopro sem ópera, mas com som de sim"

"e quando os sertões incertões do céu se fecham, para sempre, e ficam como cortinas de ópera e mares vilões cinzas se cruzam a desfechar golpes sem cor a recolher a lealdade da história das veredas, enquanto os Advirás, os que voam mais alto, ficam de manter o espelho do céu, parafraseando as paragens mais distantes e mais sem dono nem dom"

"eles ficam a se fazer de dom, enquanto a chuva fica de tom, ali, e eles os invasões a articular tempo entre os campos altos, a se moer e remoer, em voos cada vez mais aterradores, e sobem e descem aqueles lugarejos com arejos cada vez mais longos e no bel do arar, fazem-se de andar arar, um peregrinar caloso pelo silêncio dos calmos campedos, enquanto as pedras dos caminhos os conformam, elas como casas interrogáveis"

"em seus pingados, na terra, quando se esmeram para a carne, e a olham de lado nas acocas, a suplicar com o bico ferrão um pedaço franco dela, e desmiolam os ventres do morto, e esperam a verdade surgir, ela não surge, e eles voltam para suas urgências, bem mal olhando para a carne caridade com substância, seus olhos a penetram com caridade até, peregrinando cada pedaço, cada rumo da matéria, e se mancam andando de baú troto para o lado e ali admiram o que se passa, com faces de rumo. Mas, segundo dizem, os andarás os advirás e os voarás não possuem face, não senhor ai, eles são cobertos pelo manto e o marasmo do escuro, esse que através do sol banha nossas casas com aqueles voos e circos bestiais e pestiais, sabe, daqueles que vibram os moinhos dos dias podres, aqueles onde a carne se empanturra de ar, alegórica, e os chama, um por um de suas missas e do coração desértico dos arados difíceis do céu, bufada, inchada, embuchada, e eles, os anjos negros dos mares das terras do alto, sobrevêm a investigar o que se passa aqui em baixo, a suspeitar do que passa nessas ilhas daqui em baixo, e com suas casacas assombradas fazem voos de sorteio sobre a tragédia da carne, a penitenciar sobre aquele superbucho, inchadão a tri explodir, e vêm de norte para o peixe inocente, como vigários, a prezar sobre ele, eles, estes prezadões que sobrevoam em ciclos, que fazem circo sobre aquela bichação lá embaixo, entre a igreja das pedras e as lanças lentas das ondas, a considerando a considerando até que por fim a enaltecem, e se ajuntam numa montaria sobre ela, e começam a atacála a destampá-la com audácia, até que aquilo, todo aquele amolar fica de zombaria, retirando cordões e mais cordões, estes escuros, os andarás, os que ficam de joelho sobre carne, uns corocões, a ficar de sorte ali, a enterrar a eternidade na matéria"

"Amém! Passa-me uma cana que eu quero esquecer dessas missas de paz que eles assombram sobre elas, as partes da Terra!"

Súbito, Precipício, no palavrear com os outros e Tear das Vilas, pergunta, a confiar uma dúvida:

De repente, senti que os homens humanos falam de nós

Que eles talvez saibam da verdade

Que se saibam também

Ah, Precipício, senti isto também, diz Tear, ateando os olhos pros lados

Será

Ainda havia os Serás

Os urubus que voavam bem lá em cima, nos desertos mais encaminhos, arando arando arando arando aquelas terras desconhecidas, forçando os sulcos infinitos, sabe bem para ali onde cercas e mais cercas se antepõem, para ali onde as veredas insistem em desaparecer da vista, para ali onde a altura das colinas alimenta-se eternamente na distância, para ali onde, após longo e calejado andarilhar, se sobe mais um monte, e naquele mar de solidões, ao navegar da caatinga com cheiro principal de sol, se as vê casas, ou, o mais das vezes, a casa dos dias, A casa, nos confins, e se abre a cancela que geme com rancor e ronco, e se passeia para a tal da casa sombrada e se chama se clama por alguém e ninguém atende ninguém desmente, e só ficam os piticos dos passarinhos, passarinhos tão mínimos, tão tímidos, fazendo música aos pontinhos, naquela solidão solitária e casta, enquanto o caminho de volta, tão região e longo e infinito, acena com as cenas e recenas de montanhas sobre montanhas, de nuvens em nuvens, veredas para veredas e veredas-pára-veredas, no comício dos labirintos, tão onírico, a fabricar os dias de sonhos, naquelas terrinhas eles viajavam pelos terrões, a distância se revelava numa distância Maior, e cada paragem, ali nas colinas, se desencobria em suas montanhas, em montanhas reis, do tamanho das máximas do mundo.

Nós somos um será, Tear?

É possível e porém, diz, ele, O das Vilas

"ai, quando os andarás se apressam, pulentos, de canga em canga, para se aproximar do morto, naquela cerimônia tão maldita, quando outros andarás golpeiam as asas para outros pontos e se mancam para ficar em equilíbrio libra nas beiras da calçada, acima do banco de areia, e chegam até a se acometer para um dos degraus da escadaria, e um homem vem com a garrafa de pinga na mão, solitário, a fazer prece, falar a sós consigo, e este anda pelo rebordo daquele largo, ali onde os peixes se amontoam como reis mortos, barrigudos e serenos, enquanto a areia fria dos fins de tarde mocha, quando a chuva já se foi e seus chuviscos ainda se insinuam, quando este homem passa cansado e lenhado pelo sol, eles, os andarás, se retiram, um a um, à sua passagem, uma passaragem em geral, cada qual boiando para um lado daqueles altos e altares, aligeirando as penas dos seus ases, sobem num azarar, carregando a peste das tripas em seus bolsões, o cheiro de u nas penas, daqueles que fazem a boca humana fazer bico, abrindo os vãos do ar com suas asas libertárias, se cunhando ali nos muros castigados e amados de limo, e se apunhalam uns aos outros a esperar outra esperança, talvez outro peixe bojudo e verde de tanto os esperar, e os galhos dos ossos a feder que nem u, e voam de ar entre as brisas, a falhar no alto, girar que nem ventos nus, a feirar no ar, ali onde as cancelas nascem de outras cancelas, ali onde as veredas nascem de outras veredas, e de onde eles voltam, em retornos penitenciais, e pousam, com séculos nas asas migualhentas, e atinam os bicos com socorro quando nós homens chegamos perto de seus pontos, ali onde eles ficam taceiros, esperançando e sendo alembrançados pelas nuvens, ou melhor, pelos campos brancos da fome infinita

"eles ficam de ilhotas, em seus giros celestiais, estes Paz Brancas, que tememos, pois céu me tocar é o mesmo que eu haver um santo em minha frente, não comungo com tal ideia, e temo que eles cheguem perto, com aqueles capuzes e casacas, a se aclamar nas casas e a declamar a carne podre e às bolas ali na praia"

"Quando pelos fins das tardes eles se abarcam em voos temperados, o sol projetando suas idades e as nuvens, as veredas vilãs imaginando seus tempos caminhos, abrem-se campões a sua frente como iluminações de terras paradas e pobres para bem onde ninguém sabe o sabor, é cada mar alto de campo, as veredas se dignam a serem viajadas em seus princípios, e depois delas, só o coração dos caminhos"

Sim, Tear, os homens falam de nós, não ouves não houves? ah eles sabem de nós?

Isso é pergunta prometida, diz Tear

É pergunta deserta

De mundo

Mundo que se abre em suas alas para nossas alagens decolagens, andaragens, pelos sobes-e-desces das colinas castigadas pelo tempo seco, ali onde cada bruma e cada rumo se rebentam para se depararem para nós como mais um portão um portão prometido aos viajeiros e vagueiros que parageiam sós naqueles finais de sempres, nós a sentir as vertigens das distâncias ânsias sob os mandamentos dos ventos, ali onde cada montanha barranca se eleva diante de nós feito muros supremos e para onde cada sertania é incertania e certania ao mesmo tempo, para ali onde as montanhas parecem solidões e sobem, em rampas brancas e dissipadas pelas brumas, onde se pode ver será ver possíveis encontros de outras cercanias, onde solidariamente colinas mareiam ao lado de outras colinas e o mar das montanhas reis daquele sertão abre para outros mares de longínqua vista, inesquecíveis veranias de santo sol e sempre deixadas legadas para trás, para ali onde cercanias sem dono acenam com o cenário de possíveis ranchos sem água e na aridez dos séculos, para ali onde as nuvens montam-se, como montanhas anuviam-se diante de nossos vossos olhos da peste, e naqueles possíveis ranchos acham-se possíveis vales que por vezes se revelam mais uma casinha pobre sem o ninguém, ah mais é uma delícia ver após ver será as veredas umas cobrindo e tomando as outras, uma vereda pós posta outra, com a digna e impressão de um mar de solitude à frente, talvez mesmo onde um ou outro trincar de passarinho mínimo, a alembrançar a história das veredas, umas mais mães das outras, cada uma cobrindo e acolhendo a outra, e as cancelas tortas e com as ancas secretas a des-torcer o sono daquelas idades, e uma ou outra casa ali a se lembrar, tão tímida e esquecida se dá ela mesma o mundo, e a casa se faz companhia ia nas conversas entre o portão abandonado e sobrejacente, acima do silêncio e dentro do silêncio, no jejum de suas idades e histórias, com as janelas sem nó de janela, belas abertas para o quem, despojadas das trancas, caídas de tanto vadiar no silêncio, nós voamos por ali no geral dos ciclos, com história e sem história, mas com aragem, passamos pelos campões eternos onde a solidão foi plantada e mora ali sem ela mesma mas campeã das idades e aquelas terras ficam de anúncio, a ficar as viges cruzes das casas pequenamente eternas e eternamente pequenas, a fincar os cruzamentos como leis, enquanto o arar é a liberdade de ser servo da eterna distância, nós nos vagamos largamos calosos subindo as cercanias do céu aos meneios frouxidão e flexura, livres, e chegando do mundo para o mundo, elevando-nos para as serras segredos do esquecimento, as casas que queremos re-encontrar de encanto louco e varrido nunca ah-parece as encontraremos ih não, mas os campões eternamente senhores que se abrem feito precipícios de longitude a nossa frente são mestres dos caminhos e nós a varejar a varejar sem chegar nos fins dos ares, pois esta terra é tão trechera que nossa asas de perdem nas asas congeladas das montanhas máximas, e assim somos estes serás que ante-olham os andarás lá debaixo, e que voam ó hão nos céus terrenos como campeões, porque avançam nos cem fins

Essas terras cercões são muito longes, vou aonde minhas asas sem lei me querem, disse um de nós, nessas conversas de toco de poste, conversas entre os forçados dos dias e a forca das carnes, disse um de Vós, Campeão dos Ares, um urubu de boa idade, já cãibrado de tanto velejar por tortas herdas e veredas e dádivas. Ah, Campeão é um dos nossos, disse Tear das Vilas, junto com seu amigo poético, Avear das Ilhas, não é ainda um santo consagrado, como é como era Santo Vilão, porque nunca se enrascara em linhas ímpias de papagaios nem na ira das pipas, mas era sim um santão, todo vantajoso, com as asas de grilhões, umas marras vastas que o valiam nas mais altas alas do firmamento, ele tinha os pés já rilhados de varejar e arar e amarar os ventos nobres e cinzas que os tarsos eram velhos troncos universais, potentes como a discórdia entre os dias, ele era visceral e virulento, voando andeando no ou das brisas com mácula e verga e enverga, a versar as aterrissagens para o fruto cheio de fastio das carnes, e mundolhava numa só carta de olho, com verso impáreo para as vagas e coisas vagas, eternolhava com tamanho o deserto dos dias e raspava as casas, todo vagão, e tinha um bico rei que mais parecia aparecia um anjo gancho, um poder sem infinidades, a clamar respeito e pousava rampão e batia as asas de adeus, precisava ver, porque ia nas sertanias mais altas nos dias mais altos e íngremes, para ave haver ali em cima feito um existir, por si só muito deus

Se um dia Campeão dos Ares, velho honrado e honorário dos ventos, se enganchar na sabotagem das linhas e de-cair, será outro santo entre nós, que nem nem Santo Vilão, ah mas Campeão ele é um Santão que senhor honraria nas asas, um ases das estrelas feitas de penas, concordou Avear das Vidas, irmão mais novo de Avear das Ilhas, ali naquela conversa de versa sobre o toco oco, pelotados nos tacos de um poste podre, eles todos, aqueles urubus de conversa versa e avessa ali como adultões, postados como medalhas, orgulhosos de poderem haver no céu, nas terras mais valentes e lentas

Isto sim que é haver, comentavam eles, ilhados no poste roto e perpétuo de eterna mensagem ali, poder poder nos ares, poder bem poder o que quiser a parear as asas infinitas, elucidando o céu com seu olhar de amparo, amanceando a terra com seu vulgo macio, mencionando-se, avoando de olho redor, viajando, todo mencionado, todo mencionando, como a cruz dos dias, os dias de cruz crua, os dias crus, e ele vinha, de voo deitado, de coita, amortecendo as alegrias alegorias, vinha de banda, diiiiiiiiaaaaaaaaazão sobre as casas, as sombras passando a mão mundial e vaga pelas calçadas dos telhados, teatral, fazendo cadeias de voos entre o mar do céu e o sertão do sol, sempre num giro vadio e vaidoso, mas senhor e com uma ternura geral passando com templo acima das casas, este ilhão de escuro e da paz em aflição

É verdade, disse, Avear das Vidas, agora com o achego de seu irmão, vindo de uma das regiões das casas altas, Avear das Ilhas, que se chegava num vem amém e bem amém com as asas de orar sobre o vazio pasmo das casas. Avear disse e Tear escutou com o ó dos ouvidos. E continuou, com os adendos do irmão provindo, Avear disse. É verdade: que Campeão com aquela eterna idade e reinado dos nadas, com suas asas camponas, a cobrir, com a obra das sombras, os vazios vadios e singelos de um dia sumido entre os regatos do vento a crescer para regaços e de regaços para arregaços, ele vadia os dias pelas suas asas lençóis de amor do céu, vem de menção, fazia voos em círculos ciclos que se recordavam, nos seus diaaaaaaaaaaaazõooes, nos relógios das danças das brisas, aviando pelas colinas dos dias nos ias dos contornos, voando de trono, alertado pelos fios falsos, alertando das linhas marítimas dos papagaios, ah diaaaaaaaaaaando, o bico de símbolo, o voo de símbolo, rastreando arrastado as passagens honrosas daquele deserto, Campeão era deus

Avear das Vidas, mais Avear das Ilhas, pau ilhado ali naquele arroubo de chão, Avear, o outro, o das Ilhas, chegou-se, pousou de toco e, avarento, ilho ali, sem as asas nem mais falar, e ficou a bordar com os bicos, remoer, e se titicar, o baralho das penas a tramar desenhos de mar sem vida, e eles restavam ali naquele ápice, a emaranhar, ilhotas, ilhoteiros, amantes dos cabículos, já num repousar cabido num ponto de aflito, longe do marasmo das mãos dos homens, escalados, pelas sombras, de ó me tem dó, eles mais Tear e outros ilhoteiros, mais Precipício e outros oveeiros, dos que quando se tem naquelas casas postes ali chocam suas vilas, de vez em quando, naqueles portos dos eternos dias, onde os detentores das penas aportam no pôr-de-sol dos caminhos, vem um ilhotão deles, e ui ui ficam ali, num come-ataque entre eles, no molhe das sombras, enquanto a sombra vem de seca e re-enche sob a maré do calor moreiro e já habitante e, como se de sempre em sempre, eles ave abandam para os altos feito um ilhão, sendo muitos, eles os seus emaranhados, capatazes do escuro, e abrem-se ao céu nos mil voos abertos e lesados de receio dos homens e de seus mares de mão, e nesses rama-lhetes, arregaçados, ramos de asas, eles vão de alcances em alcances, em ilhas, ilhões, a parir lugar nas cidades esqueci-das do céu, nas vilas velhas, cada qual com seu cruzamento e inflamado de idas e vindas, e votam arrevoltam, de novo ovo, em ilhões, sobre seja dó da calçadas das calçadas ou dos te-lhados pena dos telhais ou no pouso meio ovo nos postes, um pouso de pátria parida sobre estes poucos mundos dos postes ou na ilhazinha dos coqueiros

Mas como podem ilhas se deslocar, viajar juntas como uma só, como podem estes viajar unidos como ilhas, cada qual mais imensa a depender do vira-vento dos voos, e se apõem como sóis, como ilhas secretas em casas, igrejas e todo tipo de terreno dos ventos?

E quando um homem bem vem com seu aquém de mão, a embarreirar-lhes os chocados do descanso, atrevido e desouvido, a defender-se de não, eles os urubus se fazem de ruim-ruim, com o pêndulo dos pescoços a pescar uma certidão sobre os homens, e eles os urubus ficam de viu-viu, assim, viu? Viu? Viu? Viu? Viu? Viu? Viu? Viu? Viu? Viu? Viu? Atônitos a segredar pequenos comícios sobre o perto dos humanos, com os postes dos pescoços pensos, uma aliança de medo, atrevendo os bicos, mal-entendendo mal-entendendo, de lado a perguntar-se de mundo o que ocorre se atraiçoa por ali o homenzinho acorre e recorre, a debandar aquelas ilhas, povos, para bem longe bem levante

Ainda assim, disse escutou-se Tear. Eles humanos o fazem com paixão,

Aquele varrer vigário das mãos

E quando humano ensaia vento com as mãos Eles entre eles avoooam de trono contorno pelas pracinhas do céu no pôr-de-céu do fim final da tarde alarde, o vermelho sol de clarão abrindo rindo sério as novas terras de barro bastante color, o renascimento de outros dias por trás daqueles povoados de nuvens, de terra roxa ôxa, para bem depois daqueles hemisférios de deserto calado onde uma casinha de senhora urubu acena para si mesma, bem no vale do nada, tortinha e incerta das lonjuras, feita com claro carinho um dia por mãos mães, ainda com o cheiro miúdo de cafuné e taco de chão miúdo, feita com vírgulas e carecida e aconchegada

E diante dessas casinhas infantis, cheias de vírgulas, ficam os urubuzões a virgular, pintando o céu com as suas matrizes, serenando os finais de tarde dia, e pousam de bilhão ali em cima da carniça e se desbaratam em um só bilhão ao céu inaugural, seus voos verticais são sempre inaugurais e achados, donos de si e do mundo, as trilhas do firmamento apontando para os primeiros princípios e inícios das maragens do deserto do alto, as casas ficam de ato parado, e os povoados, bem, os povoados, aqueles bem esquecidos por detrás das dádivas das nuvens, esses se assombram no azul, depois de infinitos vales nevoentos

Ai, quando afloramos, disse ouviu Tear
Abrimos para todos os lados num ramalhete, quando o lá vem o homem, e nossas pétalas se revelam, descobrindo o interior da flor, o interior do bando, e nossa união, uma união de rosa, em torno trono do morto, embora no come-ataque entre nós ós, se desfaz, alargando as pétalas, e voamos de laço alarmado para cada lado, mas tão logo o lá vem homem vai embora o homem, encarteamos de novo, nos fechando em cima do peixe bilhão de tanto inchado ai a implodir, e nós encerramos ali como uma rosa, cerrados em segredo sobre os coitos da comição

Os homens, bem, os homens

Quando vêm, abeirando abeirando para nos afugentar e nós nos extraviamos céu abaixo, parece quererem com isso nos mandar de volta para os sertões tortos que nos pariram num gesto afoito fazem vento de foice e nós, que estávamos de viu? entre nós de acanho, de súbito, seguros de céu, e assombrados de vertigem de tanto descer de nossas terras para subir neste céu da terra, das terras de nosso céu para o céu das terras, nós nos embalamos de novo para o alto das Incertezas, para lá onde cada cruz revelava velava um caminho árido

O homem, assim sim se faz de urubu, sem saber o sabor de seu ato, se faz de urubu para os humanos dentro de nós, nos afugenta nos voenta de seu céu para nossas terras altas e remansas, os paraísos bem acima, cheios de caminhos cicatrizes, que se abrem pelas pazes dos áridos magros daquelas cancelas

Dolores? Pergunta com a boca dos ouvidos e os ouvidos da boca Alamabo, assegurando a taça da champanhe, que reluz no mar das luzes diante da noite que começa a se atrever, os olhos de Alamabo, de missa noturna, balofos de segredo, se alargam, e ele retém a visão das terras altas do céu, do céu precipício início, ele lambe os lábios com início, pensa nas coisas com início, pensa de tudo, e pergunta mergulhando na palavra, não sem antes seus lábios se fecharem com um carinho muito líquido

Dolores, tenho a impressão bastante dinastia e explicada de que eles, os urubus, falam alam sobre nós, o que eles dizem?

Será que falam, senhor? Admirou a fala, Dolores, girando seus pensamentos, enquanto pequenos pássaros elementos riscavam as ruas frias dos telhados, rápidos e com muito ápice

Alamabo encontrou-se com a borda cristalina do copo e sorveu sorriu, e disse, assenhoreando, bastante governador de suas palavras, com um sol negro nos olhos

Parece aparece que eles os eles falam alam sobre nós, dizem com caminho dos humanos, com certo carinho e um tanto pudor, devemos falar com caminho deles, com um certo coração certo, e no entanto com um certo coração incerto

Eles lá de emissários

Os homens aqui, com o sol de suas almas trocando-se moedas

E eles vêm para vulgar suas sombras sobre nós, para se atracar na carne naufragada nos mares marés dos dias, ávem com freios para que possamos aparentar palavras em suas asas aterradas, se abarcam, caridosos, e nós, tão de nota com nossos caminhos, não percebemos suas ave alas

Sim, senhor. Mas falam e alam mesmo sobre nós? Ouve, consegue ouvir, houvir?

Me parece, Dolores, me ah parece me aparece

Dolores, ascenda-me a mais um cálice, por arvor

Como queira haver senhor

E se foi Dolores, em busca de mais

Precipício olhou com adiantes para Tear das Vilas, este ao lado de Avear das Vidas mais seu irmão de penas, Avear das Ilhas, ambos apousados com tanta cúpula sobre aquele poste ameno e ponteiro, os dois tão ponteiros também que pareciam pré-feitos, tomando a forma dos dias e aquela craveira deles naquele porto dos dias terrenos cortava a terra dos tijolos com suas sombras de sentença, que se pareciam pereciam como o interior do sol, se apontavam ali, almosos, chiqueiros, no chi-queiro de suas dós de penas, a fuçar as cruzes intransponíveis do silêncio, a se existir de estança naquele ali elo, ficavam de prefeitos ali, apostos feito medalhas, bem iguais nas sombras, bem parecidos num haver semelhante, do mesmo jeito paradeiro de ser sem paradeiro daquelas encruzilhadas do sertão longo, do humano longo humano do chão sertão, tão repleto de coração cicatrizes e rugas e calejas e o mundo rio no vale dos dias, um vale cheio das espadas inflamadas do sol e dos cemitérios sagrados das sombras consagradas

Precipício visou Tear, e perguntou, com os ouvidos a comungar também

Parece que os homens falam alam sobre nós

Ouviu alguma coisa alguma causa?

Viu? Viu? Viu?

Ficaram os quatro a lançar-se para os céus suas terras mestras

Quando anteviram um homem a enxurrar o ar com sua mão

E assim, suas sombras se foram dali, uma após uma, e se saíram daquele púlpito, a orar em outras caridades de casas, haviam de ave em ave das asas háasas a lutar as asas para outras cavidades dos dias, mas se estas outras cidades dos telhados lhes fossem pouco assentes por coisa dos caos das mãos dos homens, então eles se abentariam para os fossos dos altos, assombrões, a vagar a amangar vazar pelos ares das terras terrenas e terreiras, aviando como abismos de solidões nas pátrias mais altas e celestes, povoados vazios e fantasmas, onde o rosto das cercanias se aumentava, todo senhor, para depois daquelas montanhas montonhas infinitas e nas profundezas das distâncias e dissipâncias, quando um homem os fugia com as mãos, e eles, cheios de amém nos medos, airavam-se, livres e curiosos, e não pousavam onde não era acute, e sim iam peregrinar para as prefeituras mais altas do firmamento, iam ancorar naquelas solidões, ali onde a lei eram as asas hasas

Eles logo voltavam, caso o homem os deixasse em paz celestial, e re-pousavam, terreiros, costumeiros, no terror daqueles postes, ali onde por pouco tempo se sitiavam

Mas se não

Então avarandavam pelo céu feito janelas do coração, voando no coração de ar de areia das suas terras, as paragens lhes acenavam com as emendas da alma, aquelas tristezas advindas, que surgem quando nas lembranças se apresentam as cancelas em suas danças tortas, danças de ruído com a solidão, quando lembram ah das suas antigas casas barroquinhas naqueles confins menos paradeiros e de vilões parentes, vilarejos e escadarias de céu desertão

Os abrolhos surgem entre as encostas daquelas planícies cheias de planos, o próprio plano de seus voos planões e bem largos é uma inação onde eles somente vagam pelos batizados solitários de cada afloragem de espectros e cactos que se elevam à vista diante daquele abismo de trilhas altas e selvagens, cada nuvem se engrandece à vista como uma onda, onda de trajetos miúdos e eternos

A portinha miudazinha de minha casinha de mãe no vilarejo de Vilões sonha com o re-dia que eu poderia impor meus pés com final naquele batente, pôr meus pezinhos no sol de minha casa

Precipício confiou estas palavras a Tear, as planícies do céu continuavam regidas pelos ranchos perdidos e sem herança

A herança que eu tenho, continuou, crescendo os olhos, religioso nas suspeitas, são as minhas asas, estas casas senhoras que me encapam e cantam, uterinas, cada vez que assomo ao céu aos sitiões lá do alto atroz, sinto como se aquele deserto eterno eu fosse uma vidigação, e nele aquelas estâncias sem quem nenhum a estar com o ser de suas formas mundinhas, fico a pairar, e quando os homens quando nos veem lá na copa do céu, cruzes vidas, a passear, sinistros, pelos sagrados

Fico ali, pairando airando airando pairando, como uma placa da eternidade, nos cafundós daquele mundaréu de chão, a espreitar de sentinela, e os homens quando me veem, assim me consideram como um quem-dera, queriam eles poder apoderar que nem eu, mas não voam não, então eles voam com suas paragens de imaginações, eu venho ai cabra... unhado... me achegando de canga e com as garras a postular um pouso certo, me assento no situado, às vezes um poste, às vezes um campanário ou um desfiladeiro de muro alto, ali onde eu e meus irmãos de pena e sertãozinho ao meio-dia nos acostamos, acoitados a sinalizar o nada infecundo daquelas vilas dos homens, a coser os sem e mal caminhos das vilas abandonadas, nós representamos a lei da solidão: se situar, ilhado, no puder de cada muro daquele baixo-mundo

Aqui, neste poste de um meio-dia das coisas, ficamos nós, eu, Precipício, Tear, Avear das Vidas e Avear das Ilhas, a parolar enquanto as coisas iam nascendo, inclusive ó deus, nascíamos os olhos para os peixes bolhosos e balões do sacramento da pequena praia que falava nas ondas que traziam aquele molho de causas e ó ócasos, o inventário das vidas idas, as barrigas balões dos peixes se indignavam, tamanhas, enquanto seus olhos bolhões pareciam anéis infinitos, mirando o mirar, nascíamos os olhos para eles, e antevoávamos, em bandos, entre as organizações das brisas, ficávamos de moléstia, carcarás, santos escuros, voávamos fazendo redondezas sobre as carnes, ficávamos como países sobre elas, é, milhões a navegar aquelas circunstâncias, ficávamos de estância, numa vã glória, e fazíamos coroas e mais coroas tentando o intento, hesitando, mas criando o quadro triste do ó sentimento das vidas idas, carcarás, vilões, e cada bando a superar o ar, a superar o céu, em ciclos de ou em ou, um jardim de desvairados, quando nós começávamos, por estes voejos e praias de céu, a melindrar brincar de vigar sobre a carne pasma, mirante e já sonhando-se,

Nossos ave-voos de anseio sobre a muda matéria encontravam-se, por fim de início, com o desanseio dos mortos, tateávamos o ventre do ido com os bicos rasgueiros, era um marasmo de asas em cima, uma trama assídua, um tramão, cada qual espionando os melhores pedaços e os melhores esconderijos da carne, militando militando pe da ços extirpados ex tirrr paaa dooos cada laço de tripa saía feito algo vagabundo, de réis, contado pelos bicos mas des conta do pela vidah, ah ai céus pai dos ventos, nos ameaçávamos com as espadas dos bicos confiados e terções que comungavam sobre ela, ahcarne, ócarne, como se comêssemos o próprio mundo

Este igrejamento sobre a carne ah, era o mundo de invés, era um algo de um ninguém-se-entende, cadauruburoçavao bicocaçavaoapeloda carnearteecabia cavia comobicomoleirocadaqualurubucarcaráahfudiacomosbicosaahcarneah e baldeavamparaoutrasparagenstãologoumhomemfaziaamém com as mãos e assim que um homemmmm faziiiia amém mão amém com as mãos améns para que eles os cruzeiros dos mundos cruzeiros dos céus assassem seus voos condolidos para outros pontos mestres mas logo a cruzação começava sobre a carnelescaíamderepentesobrela a apunhar com os bicos a carnebalão enquanto eles catedrais catenavam as cavidades e vioooooooooolavam dando voltas mais décimas voltas revoltas triviais e re-voltavam

Vossas sas os tocos traziam papiros e abriam-se suas páginas para os homens lerem quando ameaçados pelos améns das mãos humanas que adoravam ahdoravam se vadiar ao vento e num ave proposição da mão eles os urubus ahlevantavam as abas e se situavam numa paramentação como aquela libração, quando avultavam crescidos com os mares das asas quase a voar, fazendo onda na brisa no verbo da brisa com suas penas

Intrigava Alamabo

O intrigava quando olhava para os largos do céu com um símbolo nas órbitas dos olhos e duvidava que aqueles paramentos ali no alto com o peregrinar de seus voos que eles fossem só anjos do mau céu, só advindos à terra para ter com os esgotos do longo rio da vida dos eternos dourados e duvidava que se pensasse que eles só re-pousavam de enfi-nito porque os céus não eram terras como as nossas terras, as terras dos homens, não havia em onde descansar

Mas Alamabo olhava longeiro, para aqueles mundos de terras altas que acenavam para ele como um sertão de-longão, ali nonde nunca se inchegava em não-lugar ine-nhum, tão longeiras aquelas terras que as casas mais longei-ras pareciam não mais nem ver o horizonte, os olhos puniam para aquelas distâncias, doloridos de tanta pedra no tão ca-minho que fazia indistância

Ãi

O cansaço daqueles mundiais era de cansar o fôlego alas mais alas se abriam as montanhas de nuvens ácidas e brancas eram tão colineiras que o marasmo dos caminhos parecia horizonte honroso que só servia para se ver

Será, senhor, que eles sabem da verdade, a verdade dos céus? Intrigou Dolores, cheio de compaixão e miséria nos

olhos, fazia também página com os lábios e silenciava hábil,
a linguagem bem linguajar fazia linguagem terna

Pensou interrogado Alamabo, com os olhos aterrizando
nos desfiladeiros do céu um céu que passeava enquanto outra
chuva encorpava aquelas montanhas e mundo após mundo
das montanhas, as paragens mais aléns se silenciavam, e sumiam por detrás daquelas vagagens, enquanto dois deles urubus carcarás voavam de aliança, reinando lado a lado

Repentinas, gotas de-caíram dos altos uma chuva se
aproximou, o ramalhete de urubus que se baralhava e se de-
sembaralhava quando o céu azul ainda havia se contraiu,
mixou-se, indo descontraído para o parlamento de uma alçada, e se ajuntaram se escorjaram e fiavam os bicos como se
estivessem cabisbaixos debaixo da chegada enxurrada da
chuva uma vinda rainha, se apontavam, retos, uns poentes
outros expoentes, mas no mais vilão dos verbos de jeito, ali-
nhados, de parâmetro, para ouvir, recolhidos resignados, os
signos da chuva, seus trovões e atordoamentos, e a água inci-
dia, rente ou deitada, deixando as ruas maravilhosas com o
brilho das gotas, tudo em pouco tempo e vento virava cristal,
mas eles, eles ficavam de província ali, na fachada de uma
casa antiga, enquanto a chuva mais uma vez mais na terra se
inaugurava, e as ruelas ornadas com o salão das águas senhoras portentosas de cristais e gotas diamantes, o mar do rio
bailava, todo candeias e a caldeira das ondas a fazer drama
do espetáculo que não se media, as ondas batiam abordavam
seus caldos, e os barcos heróis apareciam e desapareciam pelos espelhos dos chuviscos e pelas costas crostas das balizas
da maré indócil, os trovões rangiam e reverberavam nas suas

musculaturas, os relâmpagos surgiam e sumiam as casas, e eles ali, estacados, enquanto a tempestade se moía, e o moinho da chuvasca dançava todos, aquele espetáculo não era pra ser aplaudido...ele se aplaudia...o chuvaral agia e ele mesmo se ovava, a ovação que se ouvia nas telhas, o trilhão das gotas, o som de chão das corridas da água, enquanto minas começavam a surgir, tímidas, das calhas e goteiras, até virar um reboco de águas, estrondos e repentes, os cachos da chuvarada se graduavam, altos e mixados, e eles, os urubus dos dias pareciam orar, a sagrar, a agradecer o som das garras da intempérie, a herdar aquela vinda, comedidos, provinciados naquele ponto de culto das águas

Quando o aguaceiro minguava, e poucas loucas gotas em pares sem continuidade minavam dos tetos e insistiam até longos intervalos mundiais até a extinção, e a bonança amaciava os horizontes e esfriava o ar das causas, e tudo ficava novo do novo, os pingos chocavam, quedando aqui ali, a paz esvaziava suas palavras, como é próprio dela mesma. E eles, vilões, partiam, como que paridos dos telhados, re-nascidos, para as províncias mais altas, indo ter com as nuvens, os planaltos e as planícies solitárias e etárias, subindo e descendo as colinas daqueles campos agora já sacramentados pela cultura das águas, a paz fora plantada entre aquelas cercanias celestinas, o comparecimento do arar da chuva, o parecimento do chuval, danoso mas familiar, triunfava do silêncio

Daí, eles, os urubus buruus iam cercear aqueles céus, veranear nas bonanças das vastas províncias, drapejando as abas como de costume, ensoberbados, indo crer com aqueles caminhos esquecidos mas não esquecíveis, e uns vinham convir com outros, voltando de elos em elos, de encontro, como a celebrar a boa água da ávida dádiva que aliviava aquelas aragens, paragens roças áridas e das avarias, eles vadiavam, de garrancho, por aqueles terrais sertões

Ai, mas perguntou intrigou Alamabo, olhando com verbo para Dolores, o qual adotava a próxima taça de champanhe na mão, enquanto Alamabo hesitava e citava com os olhos de vaga, ondas ideais bailavam neles. "será pelas províncias que eles sabem de alguma verdade, estes pazes brancas por nós bom temidos? Será que a verdade não estará nas coisas imundas, mundanas, na própria terra? Que é este será, Dolores, diga-me indique-me, estará no estar das coisas?"

"que me dizes do céu?"

"anda, me dizes"

"ah, senhor, do céu eles provêm, com as velhas palavras, com os tocos dos bicos, verdadeiros terços valentes, com o quadro das asas, com a enxada das garras, as mesmas que usam para arar os sulcos da terra do firmamento, a proverbiar, a andar pelos reinos ranchos do alto agreste, a dizer, assim, com suas garras, tarsos da moléstia, que céu nem terra estão separados, será que não? Eles vêm tão enobrecidos daqueles lugarejos, ainda que aqueles lugarejos lutos eles não tenham do que haver por comer, mas como são paridos naqueles portecos bem aventurinhas, ali onde a liberdade está nos pés descalços e sempre latentes e planteiros e calosos, eles já são sempre nutridos, pois paridos daquelas colinas!"

Se a vida é árida, eles sabem o que é o sertão, mas passeiam como se o deserto fosse um mar, um mar fresco, temperados pelas notícias dos novos caminhos e dos novos migrados de caminho, a luta dura da pura aventura de vento, aventura vilã

Radiar como um anjo pelos caminhos incertos, repletos de Incertidão

Certo, certão, Dolores. Mas e será que nós homens também não passeamos pelos sertões de nossos dias como se fossem mares frescos?

Senhor, vos digo e recito:

Sim, talvez sim

Há. Pois. Um harém de poréns

Quem manda naquelas Províncias, Dolores, quem Amanda?

Senhor, as cargas do céu!

Alamabo, esperando asperando, não consumia de Dolores nenhuma certidão

Falam eles de nós, perguntou, ouvindo, Precipício, a Tear das Vilas, ?

Ouço algo, disse Tear, com os lábios, bicos alienados e frouxos e destrancados

Bem, de qualquer forma, disse Tear, os homens querem saber o que nos rege e age

Já que ficamos de margem e mareagem entre seus dias, entre um peixe morto e outro

Ah, me bem lembro das prefeituras de nossas vilas vilãs, dos capangas que ficavam de honra alentados nas telhas daquela construção velha e arenosa, o sol gastando os ladrilhos, o haver da ordem, a tenência dos dias, as sombras sumindo quando da elevação das luzes da manhã, as botas do delegado cheias de poeira e não mais ninguém, aquelas prefeituras eram somente representadas por provérbio e pelo verbo do vento alienado, o qual vadiava de vez por outra, enquanto as colinas se moviam à larga, abrindo novas máximas aos possíveis andarilhos, eles à torta andavam, mínimos, pelas manchas, pelas sombras dos tempos, a frasear o caminho, um fraseamento sem reta, na solidão mais ritual

Aquelas prefeituras do alto, em seu velamento de calor, em seu velejar de vento, são vedadeiras províncias onde os urubus na paz das nuvens passeiam pelos segredos, anseiam com as asas em preces, orando pelas províncias inferiores, as da carne

Aquelas províncias de mortas paragens de céu

O chão do mundo, quando sobram os restos dos animais da terra, os peixes e outros, é firmamento visitado e assombrado por províncias, pelos Províncias, os urubus. Estes vêm, assim, em seu trono mundano, Ólhar de perto o que a terra lhes legou, o que a terra tem de sal, vêm ver a carne provinciana, vêm de Providência

Se um urubu é uma vereda, se um urubu é uma vila, então ele é uma Providência

O mundo, disse Tear das Vilas, o mundo é uma província onde as coisas são Providenciadas

Mas esta província é dividida em províncias, tudo acaba sendo uma Assombração: tudo assim não passa de províncias visitadas e visitantes, há o Título de país celeste em tudo, em degraus, pois há distintas províncias, a da terra, a do céu, ai que por ser tudo provinciano tudo habita tudo e lugar nenhum, daí que tudo são vilas com sua banda de luz e banda de escuridão, sabe, assim como as vilas solitárias, com suas sombras e sóis, tudo tem uma sombra e um sol, disse Tear

As províncias não são terras como as terras, as províncias são terras habitadas por luz e sombra e, como tudo que provém dos seios da terra, cada coisa é uma província dentro da qual habitam luz e sombra, um peixe morto, bem assim, mórto, é uma província que habita a província do chão, o qual é visitado pelas províncias do céu, pelas mais altas Providências, continuou, pelas mais soberanas

E porque as coisas do mundo são humildes, o mundo é um mundó, o mundo não é o um Mundo, mas é uma vila, onde as coisas são pequenas gentes, ógentes, das que se apiedam, e nestas províncias, que possuem a humildade e o amor eterno, o mundo é um cafundó, mas por detrás do profano, por detrás da vila da carne, há o sagrado, que só é sagrado porque há uma consumação das coisas pelas coisas, como o universo não se desconhece, ele é a província dele mesmo, sem mais arrogâncias nem templos

As províncias se conhecem e se desconhecem, disse Tear, há um Terá e um Será entre elas diante do Dará das coisas, a província mais Deus, há uma dúvida na dádiva e uma dádiva na dúvida, Continuou e Contemplou Tear das Vilas

Tear das Vilas dizendo a Precipício, este molhando o mundo com o olho de seus sentimentos

O olho que vê não basta, disse, o olho deve virar ólho, só o Ólho vê as províncias com o ó da piedade e o é da moléstia

Há algo de lágrima há algo de água na piedade, o ó da compaixão

Ah, quando um urubu provinciano quando pousa em torno da carne provinciana ele vem providenciar o mundo, vem com o amém da compaixão, talvez venha além do sagrado

O que não deixa de ser algo assombrado assombroso velada assombração Este que vem dos altos, escuro e puro, dos confins do céu, dos mais altos países, para espantar a carne da terra, ele vem pela terra e para a terra, sumir a carne, vem limpar a vila escura da terra com sua alma de vila

Continuou e Contemplou Tear o poético mundano dos lixos

Um pássaro amém, o Urubu, vem como uma alma, uma mão, espantar a carne com seu espanto de província, ele vem como uma lei das veredas, uma lei dos desertos, que veem água nas secas mais áridas, que velam o deserto das coisas, ó Esmo, quanta Ómundice

Eu sou uma Província!

Proclamou Tear

Proclamou

Proclamou e Amou

Eu sou o Proclamou das veredas

Eu tenho um Ver herdado

De onde vejo, vim de longe

Quem ainda não viu e velou? Quando um pássaro amém pousa secreto pousa segredo miúdo entre as carnes carteadas sorteadas pelos calendários do chão, e este pula e reza um aprumo entre aquelas réstias das preces, ó há que se velar pela carne, ela merece, ela apetece, ela tece e acontece, quem não vê o esmigalhar daquele pássaro, em seus passos sagrados pelos consumidos, quem não vê que ele compassa assim, ó no é, é no ó, piedade e moléstia, moléstia e piedade, enquanto a carne Aa carne A CarneÓ presencia a carne a carne presencia
E a carne presencia a carne se presencia

Ó a carne É

É a carne Ó

O peixe ao chão diante da sombra de Vila do urubu, pássaro amém

O peixe é repartido, tal como o pão, entre os providentes

Agora, Tear calou Precipicio em seu terno molhar de lágrimas

Tear o calou escutando-se

Agora iria contar a verdadeira estória de um pássaro amém

Para que o Precipitado, como o chamava quando os dias eram mais eternos ainda, compreendesse o ó e o é, para que Ele cercaneasse seus dias e os princípios do mundo, o que se chamava de veredas do sertão do Abenção Asas

O Abenção Asas é aqui a terra em que todos nós vivemos

Pelo menos dos apelos é a Província por estes lados

Província destas vivências do lado do cá

Não se sabe que outras paragens existem para além dali

Mas se sabe que por aqui há esta terra

Lá do lado dos homens, Alamabo e Dolores falavam, mas pareciam escutar algo, olhando o voo mirado dos pássaros amém

Esta paragem, terra sagrada, cujas cercanias são o vento, e os campos são o tempo

Esta paragem, uma miragem dos dias, Afiançava e Asseverava por aqui uma miragem dos tempos

É a estória de Precipitado, um pássaro amém, um aparentado de Precipício

Nasceu, brevemente, nas províncias altas, dos ninhos de uma árvore esbelta e repleta, sua mãe, Colhesse, o inaugurou ao abrir o fino ovo, rompeu a Colatina, o lacre do nato matrimônio de mais um filho daquelas províncias, terras altas, terras apaziguadas, as veredas não eram fáceis não, eram corridas de terra após terra, essa mãe Colhesse o inaugurou, e disse, orgulhosa, que a província de Abenção Asas herdara um novo filho, uma nova pequena província

Tu vês aqueles três províncias que passeiam por aqui? Estão em busca da carne provinciana

Abenção Asas é a terra deles

A igreja, povoada nos altos de uma boa cerca deles, os províncias, era vazia a maior parte do cujo dia, o céu acima queixava de tanto sol, eles viviam apreciando o que se passava aqui em baixo nos ocorridos, o correio dos seus vais e vens sumia nos céus, o arreio das asas, sabe, de um jeito que elas desistiam do firmamento por algum tempo, era o planar que se aventurava e emendava a meio-prazer do céu, eles ficavam de emendar-se, sabe, naqueles meio-voos, ajustando o ar, e davam corda nas asas, e juntavam as penas a seguir pelo enredo das nuvens como uma agulha, se precipitando para o alto, porque era isto o que era difícil de consistir, o Precipitar-se para o Alto

A igreja de Abenção Asas era despovoada, a modo de bem falar

Onde estavam os homens onde estavam onde estava o onde

Talvez só houvesse um homem só, Anúncio Paixão, que se sentava em um banco próximo da praça, e via o dia passar, e via o dia se adivinhar

Ele era um senhor capaz do mundo, zelador das causas, próprio dos passos, jardineiro das palavras, que destilava, por assim se dizer, paixão pelas coisas. Mas era ele só ele ali, esperando. Ele era a ordem dos dias, o olho dos afazeres, o tempo sossegado, o tempo sossegado em pessoa, havia sempre um vento, havia sempre o vento em sua respiração, em sua hesitação perante o inexplicado.

Ele dizia que o inexplicado era menção, mito.

Que as coisas se sabiam delas coisas, que as coisas nasciam das causas, que as causas eram pertencidas pelas coisas

E como as províncias se sabem províncias, mas não percebemos, falta algo a elas, falta a elas o barulho, que elas estão plenas de silêncio, pois sabem mais do que dizem, as províncias se desconhecem e se conhecem, mas a grande Província se conhece, através dela as províncias se sabem

E este homem, Anúncio Paixão, ficava adornando os pensamentos, adornando o dia, adornando os dias, propriolhava aqueles reinos miseráveis dos pássaros améns, a vila era sempre agreste e deserta, somente um padre fazia as comendas e emendas, a lei era livre, o sol apaixonante e de fé, insistente e vivo em todos

Precisava ver a cúpula daqueles províncias ali no campanário da pobre igreja, o vento balia, acentuando, acentuando, enquanto os arbustos acenavam um para os outros, alegremente e tristemente, um amor de solidão

O corvilão dos pássaros amém, bem ali em cima, anoitecidos para o dia, se agulhava, e piscava num só arremate, para o voo alto, para a Cerração

E quando subia assim, aquele bando de províncias, avançavam para o mar magro do céu árido

Fora nestas paisagens sertões que Precipitado crescera

Quando o ovo se rompeu, surgira ele, ensinado de como irromper para a soberania de sua liberdade sonhada

Sua mãe, uma mãe do ó, piedade e seca, lhe ensinara que procurasse sempre a Providência do mundo, que os restos de dias e aridez muito ocultavam, a Providência poderia estar em qualquer lado da cidade, da vila meretrícia, daquela terra com sabor de deserto das palavras, e aos fins de tarde os urubus, pássaros de amém, sucumbiam suas sombras ao sol, que as deitava, que as derramava e as pintava na solidão do chão. Aquelas mochas colinas, aquelas montanhinhas corcundas, esticavam-se até onde o favor permitisse o dia, em pequenos riachos que espichavam suas caras sem pessoa, caras escuras e só de presença, como a espiar o mais perto possível a conversa dos moradores. Era como se aqueles abutres, aqueles cruzeiros e molengas de reza aberta (as asas), se chegassem, sem ninguém desconfiar nem confiar, perto dos homens naturais dali a partir do campanário da igreja do Ósorte (como era contosamente chamada nos pequenos relatos do universo). Como se os pássaros de amém se derramassem, sem ninguém saber, do Auto da igreja correndo pelo chão até os pés de quem sentava nos bancos, para os escutar, para os copiar com os ouvidos, tudo isso através das suas sombras que iam se derramando, se alastrando pelo chão, pelo sol. Aqueles mares espiantes, que eram rios riachos que espichavam suas caras sem pessoa, espiava sem olho, mas só de forma, o que os homens confessavam contosamente, seus épicos relativos, sua mitologia diária. Espiavam, espiavam, até que o sol as recolhia, e elas se murchavam, os pequenos riachos secavam, e o derramamento se recolhia feito uma cobra tímida e confusa, uma forma boba ia se esconder neles de novo.

Cuidado com as sombras dos Urubus

Dizia Anúncio Paixão

Elas nos espiam e escutam através do puxa-estique do sol, daquela cor-estica, uma alma por trás da sombra

Paravam nos solares

Principalmentes. No Solar do Terraço Ubu-curu, os desditos.

Paravam como uns Principalmentes, ou melhor: como os Principalmentes no Solar de Terraço Ubu-curu. Quando alternavam seus principados, quando varejavam seus situados, caíam-Se como folhas, folhagens escuras, indo bater pano para outro Solar. Mas aquele era o preferido deles, pois tinha os altos mais ordenados para eles. Os pássaros amém preferem pousar nos altos mais ordenados, sabe, onde há mais solidão para campear, que eles temem os homens como quem preme a morte. Mas eles, naquela aridez da solidão, também premiam a morte, mas morte para eles é o paradeiro. Ali no Solar, o que parava eram eles, e dali confiavam os homens com os olhares hangareados, cobertos pelas sombras. Mas ninguém sabia o que acontecia ou desacontecia, quando eles cuspiam voo, súbitos. Certo, ali eram eles que buscavam paradeiro, descanso, mas por vezes outra coisa parava ali no Solar, outra coisa buscava paradeiro ali, junto deles, a morte. Quando isto acontecia (ou desacontecia) então eles cuspiam o voo, indo agulhar o mais alto possível entre as nuvens passivas. Coisa que só eles viam e mais ninguém, esta presença provinha ali não se sabe de onde, de que desertos, mas o certo mesmo era que eles adivinhavam que um paradeiro pousava junto deles, eles, os paradeiros, e este provinha com a solidão das areias e do vento sibilante. Eles cuspiam ao céu, como uma montanha de costas ossudas, uma montanha de omoplatas, um bandomedonho, vilões, cações, esperando que algum pobre animal sucumbisse à seca provinciana, para que aí então eles saqueassem o pÓbre do bicho, liberteiros da carne.

Quando Esperando, amigo de Anúncio Paixão, visitava aquela cidade província de Abenção Asas, ele dizia de coisas que causavam crepúsculo nos olhos. Como Anúncio Paixão conhecia a solidão provinciana, não se assustava, não tremia, mas fremia, e sentia um zum! passando por cima de sua cabeça ou ao lado de seu ouvido. Perguntava o que é isto? o que Esperando dizia ser normal. "é só vossa imaginação que copia minha palavra real!", dizia o amigo visitante. Este zum! era um vento escuro que fazia visagem pelas cabeças. "é que os pássaros daqui destas magras províncias frouxas premem, preveem tudo o que possa se prover num lugarejo onde tudo é solitário, a imaginação deles é estranha, tudo está vivo, porque eles vivem dentro da cidade morta!", disse Esperando, causando mais crepúsculos, intrigas.

— ave, amigo, ave! Coisas que eu não gostaria de falar, mas tenho! Sabe-se lá o que é conviver com a morte viva, sabe-se lá! Sabe, talvez eles premem esta coisa que está em todos os lugares, uma ocupação dos silêncios, que está tão viva e morta, que ganha ares nas portas das casas velhas, quando aquelas caem e a boca das portas ficam tortas, ou quando o cheiro de carne ressecada ao sol, de algum pobre animal dos dias, um cão ou coisa assim, um odor de ovo no ar, de carne colada, sem movimento, e o horizonte, longe de ser um ourizonte, brilhante, é na verdade é mortorizonte. Eles convivem com o vazio, e no vazio cabe vida e morte, mas quando ela vem pousar de paradeira ali onde eles pousam de paradeiros, então não serve, não presta, já não restou, já não prestou, eles fogem para o céu alto!

Disse Esperando.

—ave, amigo, ave cruz! Eu digo que há algo mais estranho: que eles são a desolação daqui, entende? o vivo do silêncio. O dentro e o fora. A morte habita neles, eles se espantam por eles mesmos, existe a solidão dentro deles. Sabe quando a morte se vê no espelho? É muito comum neles o espanto, o espanto dos altos! Quando a morte se vê no espelho! É mais fácil se espantar com o que não existe! A ausência é pavorosa! E quando a ausência é eles? Como se ver no espelho e não se ver!

—ave!

Então, o Solar do Terraço Ubu-curu ficava empestado deles, dos províncias, e naquele paradeiro eles ficavam adivinhando os acontecidos, de dois em dois, os pássaros-améns, propagados, naquele rastro de sol, um preâmbulo de cabeças, com as sombras se propagando, e pairavam naquele solar solitário até um meio de tarde, quando então dois deles soltavam-se como folhas e, ajuntando-se como agulha, espetavam ao céu, num sopro só, feito províncias fantasmas.

Onde está o segredo, se perguntava Anúncio Paixão?

Quando as coisas morrem elas morrem delas mesmas, só isso?

Aqui neste sertão de céu, onde as nuvens pairam, onde o sol castiça tudo, onde os animais vivem à míngua, onde os cães ladram às ruas, onde o lixo é esquecido e limpado pela mão da terra, onde as nuvens são o deserto com suas veredas inglórias e de glórias, onde os urubus param, naquele desfiladeiro dos solares, Ubu-curu, a cotovelar, onde os cozidos do sol fazem seus molhos, onde os olhos das asas espiam, com sacralidade, a solidão especulativa que está sempre à remissiva, por toda paragem algo grato está por morrer, por toda paragem algo sagrado está de emissário, no desenho grato do céu quanto no decorrer honrado do chão, tanto no retrato quanto no concreto, no asa com asa, no consórcio do solitário com a solidão.

Maria Cruz, uma mulher moradora daquelas cercanias, dizia que Abenção Asas um dia viraria nada, que viraria o Nada mais fantasma que faz Ó com a boca e com os olhos trêmulos, meio assim 0 0, porque ali já só habitava, só molestava quem ousasse ser solidão. Dizia: secaram os rios, bravos amigos! Secaram! O que mais querem por aqui? Fazer companhia para aqueles dois áridos ali em cima, fazer boca de sem tempo? Farrear por aí, falando só com O Só? Só com o vento do não-vento, o vento para dentro, o invento, o que isso? Me digam, o que é isso? Eu que não queria morar com a moléstia, não quero ser molestada por solidão não, nem ficar proseando com o Não das sombras. Vê aquele ali, aquele fantasminha, aquele fantasmíngua? Aquele urubu? Não vai sair dali? Nunca mais? É, parece que nunca mais. Será que ele está desesperando? Ele se parece com o Será, olha, se parece mesminho, sempre esperando o tempo e o vento que nunca chegam, o que pode fazer ele a não ser ser ele? Mas olhem espiem, como algo do vento e do tempo passa por ele, o que ele é? O Será? Prefiro fazer o sinal das cruzes, senão me chamo Maria Cruz, moro aqui há muito tempo e vento e já vi coisas de mais, demais!

E continuava, coroada pelo vento atento:

Aqui nós merecemos atenção, mas não há! Talvez seja porque atenção não é coisa de terra santa! Que não dá nada, mas tem a dádiva do silêncio! Abenção Asas é sorte! Aqui é o meio do nada, o meio do meio, o pó do meio, o pó do tempo, é sim! Os rios morreram, os gramados estão pálidos da pouca chuva, quem mais mora e morre nesta cidade das aflições? O vento, casto e que nunca mostra a cara? O tempo que nunca consistiu para existir? Olhem aqueles três ali em cima do Solar de Ubu-curu, o que esperam? Quando falamos, não perturbamos sua presença, que presença eles têm. Ficam dias inteiros ali, e só desaparecem quando balançados por algum temor, mas que temor, o temor do temor?

Maria Cruz tinha discórdias com Anúncio Paixão. Porque Anúncio Paixão se enamorava do silêncio. Ele perguntava o silêncio. E ela perguntava pelo silêncio. O pomo da discórdia era um fruto negro ali. A discussão era sobre o remissivo daqueles desertos de céu alto e de colinosa terragem. Anúncio Paixão falava de terragem e ela, Maria Cruz, falava de Aterragem. Pelo menos assim, os dois falavam de conterragem. De Abenção Asas.

(Sim, Precipício. Pequeno precipício. Escute bem esta estória Real que lhe conto de vossa Cercania. A origem de vossa Província. Da qual desde então, quando expulsos, esxpulssos, temos procurado uma paragem mais certa, só encontrando os portos dos dias entre os postes e lutos telheiros. Escute. Assim como eu pensaria que os homens humanos nos escutam também, onde quer que estejam, onde quer...)

É verdade que em Abenção Asas, peregrinar era raro. Dado o sol. O solavanco dos urubus ao infinito confim do céu asseado azul era raro. Maria Cruz falou verdade. Os urubus paisageavam o dia inteiro ali nos solares, nos Principais do Solar do Ubu-curu, com as asas corocas, bem coroquinhas, alembra-mundo, os bicos aterreiros, dali nunca saíam. Pra nada. Só quando uma igual sorte surtia nos meios do chão, na Terra. Algo tão sorte quanto eles, eles, de mote, sobre os lotes da carne, que clamava ah ser vazia. Estes primeiros dos sertões, eles, os primeiros esperadores do sertão da vida, a encontrar os primeiros mortos, sempre os primeiros mortos, depois dos vazios. As cercas, entre onde os ossos e ossinhos eram amontoados pelo vento da intromissão, os deparavam. Elas os deparavam uns para os outros.

Não se saíam dali por nada. No deserto de Abenção Asas, a questão a Questão era qual seriam os primeiros mortos dali, que seriam sempre os primeiros mortos, dado que o vazio os seguia, o desencher, todo morto era sempre o primeiro para aqueles que eram sempre os primeiros ali, os esperadores, os urubus, Pássaros-améns. A cerca que localizava os ossos deixados depois do saqueado era como uma terra de cruzes, árida, uma terra sagrada. Cada cerca se deparava com a outra, cada osso se deparava com outro, estavam uns defronte dos outros como igrejas do vazio, igrejas do mar vazio e oceânico da solidão. As árvores secas que os molhavam com suas sombras perpétuas, estas descansavam da agonia. O vento das agonias de vez em quando banhava aquele lugarejo último com seu anseio e desaparecia, em meio às vestes dos urubus e aos trastes dos animais, era numa comensalisação enquanto os pássaros-améns limpavam o ópobre animal, que o vento da agonia surgia e sumia, tão logo quanto viera. O vento da agonia era temido ali. Pois era palavra rara, incompreensível. Mas da mesma massagem da carne que os pássaros.

Aqueles meio ali, meio do silêncio, silêncio do Meio. Era chamado, por isso assim, de pedra-do-pau-velho-do-ubu-curu, ou, no nome dos campineiros antigos, de Aterro Graúdo da Cerração do Céu, ou ainda, pela família dos Cruz, família de Maria Cruz, de Silêncio-do-Meio. Não era cá lá muito visitado. Quase nunca. Quem ia se aventurar pra lá eram os caçadores, mas quase não dava nada, devido à seca. O único rio, o rio Credo, de água baixa e de lençol muito subterrâneo, secara havia umas semanas. Como Maria Cruz dizia: o rio Secara, vamos pôr o nome deste rio de Rio Secara, como ela gostava de denunciar o silêncio e de cutucar o silêncio. Mas pela maioria dos apessoados locais convencionou-se chamar aquela região inóspita de Silêncio-do-Meio. Antes, muitos caçadores se perdiam, famintos por ali. Iam dar na casa pobre de Acasaca, um senhor sério e completamente solitário, amuido de dor nas pernas, que morava com um cão casado com o silêncio, também. A confusão do nome sempre ocorria sempre. É aí o pedra-do-pau? É aí o Aterro Graúdo da Cerração do Céu? E como este senhor chamado Acasaca sempre ouvia falar das palavrações longas de Maria Cruz, informava os andarilhos que ali se tratava do Silêncio-do-Meio. Mas os três nomes eram de uso geral do apessoado. Quem por ali andasse ficava pasmado de tanta inglória e osso. Pior ficou quando o rio Credo secara. Também, por desinformação mas por sabor, alguns chamavam o rio seco de Rio Secara. Ali era a província dos cabos. Ninguém nunca atravessara aquele espaço de terra remota e agreste, de chão quebrado, ninguém. Pelos meandros localizavam-se pelo olho ossos e carcaças, havia as cercas que não eram entendidas, era um emaranhado, quando um dia ali homens tentaram armar casa humilde, havia os arbustos e árvores secas, um pequeno sobe-e-desce que sumia da visão a descida pro rio Credo ou rio Secara. Com o aveado dos pássaros, pungentes e obstratos, obtusos e retratos, a crucificar com os bicos quem passasse, descansava pasmado, nas cercas e árvores. As carniças já cheiravam saborosas para o desespero, cheias de mosto. Os pássaros arqueavam, agulhavam, e iam remotear sobre as pobres, encarquilhados e corocas, com as casacas. O cheiro doce no ar era sinal que ali era a sorte, o meio. O que Maria Cruz vira ali fora o silêncio, e daí o Meio.

Ela perguntava de passagem:

—tu vais lá para o Meio? Não vai não; as coisas não andam bem por lá. Agora a sorte está mais viva, ó. Nunca morreu tanto morrer por lá, lá é a janela do deserto, nem água, só saga; os secados estão famintos, agouram todos que por ali passeiam, aliás quem por ali passeia, quem hein? Nem vai lá, viu. que o silêncio está pasmo, está de meio com as coisas. Os caçadores do céu estão de sobreaviso, se surgir sorte pra morrer ali, eles se encarregam de ajudar a sucumbir. Vem já pra caducar com os bicos, e levar além pro moribundo animal. Isto é trapaça, mas é a lei do deserto. O sol castiga, eles castiçam. Eles vêm com suas cargas, as garras de arma, para cargueirar quem ali desperta, quem ali surge.

E o andarilho dizia:

—não, só vou de passagem. Pelos lados. Ver meu senhor amigo que mora longe dali.

—nem de passagem. Olha o Meio, olha ó o Silêncio-do-Meio, lá é cafundó! Cafundó é lugar de pilantras, é gueto de urubu, coisa onírica, onde as asas se alibatam e vivem de alibatar, celebram o beco da fome, e batem para lá e para cá, um ninho de coisa incerta, onde os urubus já vivem no cheiro de lodo e pocilga das carniças, é o interior do mundo, onde a carne é tudo, a carne que sucumbe. Cafundó é cafundó, é terra onírica onde vooo de urubu é reino, onde urubu imita coruja, é um quintal onde a carne só é ela e nada mais, é a quinta das carnes, só a moléstia e a secura habitam, é lama, se tu entrares num cafundó, tu vais a princípio te sentir seguro, pisar o seco, mas com os voos compridos e encurtados dos carniceiros numa trama delirante em torno da matéria, perceberás que ali só se trata de carne e asa e nada mais, um celeiro da agonia, onde uma noite vive mesmo debaixo do sol, quando estiveres pelo meio irás enlouquecer com o sonho daquela vida entre carne e asas, sentirás mais forte o odor da limpeza, e terás vontade ah terás vontade ah terás de retornar, tão mais cedo quando possível. Sobretudo, me escuta, ali não há tempo. Acharás estranho, e te sentirás estranho. Uma mó de homem, José das moléstias, quase a sucumbir diante dos urubus famintos naquele harém de terra, carne e asa, e nada mais nada. Busca outro caminho.

—assim sendo, vou por outro atalho.

(escuta pequeno precipício. Como é dali que tu vieste. Daqueles hemisférios de terras solitárias. Se aquilo é uma vila, uma paragem, ou uma Província. Como nós chamamos e como nos chamamos. Isto está escrito nas tuas asas. As quais têm a forma das formas. As formas do mundo. Ouças de onde provêm tuas dinastias que provam o mundo. Ouças da origem do teu sertão. Teu sertão de céu.)

Maria Cruz falava com os olhos emergidos, enquanto Anúncio Paixão falava com os olhos imersos. Porque enquanto ela queria revelar o ventre do silêncio, estrebuchar. Ele desejava lacrar aquele ventre. Mas ambos falavam do sabor. Ambos falavam de conterragem, conterrâneos de Abenção Asas. De Consilêncio. Eles eram o Conselho da cidade.

Já que ali não havia prefeitura. Só a prefeitura da solidão. E cada ponta de casa ou da igreja era uma ordem do silêncio livre;

Maria dizia proezas sobre o vento da agonia.

Maria dizia onde ele às vezes batia. Onde ele às vezes aparecia. Onde ele dava paradeiro. Havia um respeito imenso pelo vento da agonia. Vento que só havia ali. Justo ali o lugarejo do pó do tempo e do vento. Não havia inscrições de vento ali.

A maneira de Maria falar do vento da agonia era povoada, sabe, meio assim, como se ela calasse aqui e ali, nos caminhos de suas palavras. Havia poucas casas nas suas palavras. Ela receava aquele vento. Porque ele era raro. Muito raro.

Antes ele vinha ordenado. Com as velas à proa. Nos dias em que mais moravam lá. Muito antes do rio Credo secar e se tornar rio Secara. O vento era seco e chamã, rugia e mugia e gemia. Deliberava um pouco em torno das árvores. Dançava nos rodapés e ia subindo, mugindo, mugindo, mugindo, aos poucos, e chegava nos galhos, nos rodos do tronco, enfileirava-se, sacudindo as flores e folhas e frutas e desistia. Pensando para onde ele queria então ir. Então ele direcionava para a casa de alguém. Para a casa de Maria Cruz não ia. Ela fechava as portas num baque violento. O vento se calava. E esperava ela abrir. Ela não abria. Então o vento sem arbítrio girava, girava, aos moinhos, e ia ter com outra pessoa. Isto era de noite. Os bois e vacas rugiam e mugiam também, num vento de Todos, vento do mundo. Isso tremia Maria. Ela se encolhia nos lençóis, agoniada. Quando o vento da agonia me agoniza, está feito. Ele conseguiu o que queria. Dizia Maria Cruz. Aí, eu faço a cruz, o sinal. E espero. Sabe, ele passa por aqui quando está tudo seco, quando a noite está quente, parece uma raiva da terra, ele vem se eleger entre nós como a Voz. Ai, santa cruz! Pobre de mim que tenho que ouvir esta lamentação!

Então o vento procurava outra casa. Pois cada uma já tinha fechado suas portas e janelas. Santa Cruz! As crianças ficavam tentando olhar pelas frestas. Os donos das casas se silenciavam. E o vento mugia de novo. E mugia e gemia e rugia. E contornava de novo seus moinhos. Num roda-só. Fantasma. E ia tocar a porta de alguma casa. E todos tremiam. E as mulas e bois e vacas rugiam e gemiam também, além de mugir. A mula desesperava, pobre coitada. Se desesperava. Rinchava alto. De fazer eco pobre que fazia curva nas ruazinhas da noite, diante do brilho dos paralelepípelos, diante das casas unidas para resistir àquele avanço inquiridor do vento, que se queria Voz. As casas pareciam que estavam todas tremendo, juntas, se espremendo de medo, as portas tão trancadas que estavam escancaradas de medo, as janelas tão espremidas, como olhos aterrorizados. Pelo sentimento das casas, a maneira como estavam cumprindo ordens de seus moradores, esquecidas ali do lado de fora. Tremendo e se segurando umas nas outras, dava pra se dizer que vibravam de medo. Como se uma empurrasse a outra para responder às curtas e longas do vento, às curtas e longas mensagens do vento. E-l-a p-r-i-m-e-i-r-o! n-ã-o, é e-l-a!

O modo torto das casas parecia que dançavam e tremiam naquela gasta, naquela gastura de vento, e enquanto o vento povoava aquela província naquele momento, dava pra

se escutar o povoado dentro das casas, o povoado, os cochi-
chos e sussurros e assombros e as assobras da coragem (fu-
gida como um fantasma)

Então o vento desembainhava-se e subia, alto e cata-
vento. E repelia-se. Podiam se ouvir alguns de seus roucos
transbordos. Então, quando ele parecia descansar, como
uma areia silenciosa no batente de alguma casa. Alguém
tinha a pura coragem de lhe escrever uma carta. Não bem
uma carta. Mas uma mensagem. Uma emissagem dos homens. Ia assim:

— Voz. Temos-te em apreço e temerosos de que a agonia se aposse de nossa singela cidade, província. Quando tu
vens com teus aléns, mencionando, nós devemos fechar nossas portas e comportas todas para que tu te gastes e te exfu-
sies. É para teu Bem, Voz, que façamos isso, compreende, ó
acelerado. Aqui a seca impera, nem os animais tossem mais.

De dias em dias, vamos pondo nossos grãos. Nós também somos grãos. Vê como também somos da tua família,
vê. Nossos filhos possuem voz feito a tua Voz, ó Voz. Os dias
se passam e tu nos visitas com tuas coroas e ordem. Tu vens
pôr ordem nas nossas areias. Nós assim entendemos, e apre-
ciamo-Te. Tuas verdades sempre vêm com a tua Verdade.
Nós te ouvimos e nos aconselhamos contigo. Tuas cargas
por aqui são uma consolação para os nossos dias e desatinos
do destino. Teus gastos de palavras vêm nos significar. Ten-
tamos entender. E Te entendemos, sim.

Sabemos que somos um simples povoado povoado
pelo vento quando dá vento, Tu nos povoas para vires aqui

segredar as direções, compartilhar as palavras, os sons, os ruídos, não há verdade que não seja pequena verdade, até teus soluços escutamos por detrás das nossas portas honradas. Se as fechamos, esquece, é para que tu te aclames e te acalmes. Se quisermos te chamar ou te clamar de Vento, permite a nós assim pela intimidade das coisas te chamar, Voz, ó.

Nossas crianças te imitam. Os dias te imitam. Os pássaros te imitam. Os caminhos te imitam, ah estes são os que mais te imitam. Quase igual aos livros. Tu ilustras nossas vozes quando te apraz te demonstrar por aqui, por estas cercanias isoladas. Mesmo quando tu bates desolado em nossas portas e bates desolado em nossas roupas e varais e assanhas nossos cabelos temos por isso em apreço que és Tu quem nos acalora com a ordem das coisas calmas. Tu vens para serenar os rios de nossos dias. Tu és uma correnteza, e Te dizemos isto para te Orgulhares, entendes bem.

Te preferimos, para tanto, mais como corrente do que correnteza, entendes. Tua voz nos contamina com a corrida das palavras, uma corrida difícil de captar, mas que deve ser entendida no repente, na fúria, no embalo dos catalisadores, entende, ó Voz. Pelo que tua correnteza deve ser respeitada por todos daqui, destes largos tristes da vida, felizes de humildes, conciliados por ti. Preferimos tua corrente, que é a correnteza da Voz. Pois tua correnteza é mais correnteza que a correnteza.

Te queremos bem, pois sabemos que a tua fronte nos toca as frontes, teus sopros resfriam-nos, e o calor diminui. Sabemos que teu tempo é o teu próprio Tempo. Que quando surges, com tuas palavras anunciadas, surges quando tu queres, quando tu queres muito dentro do Teu querer. Que teus moinhos são cabelos encaracolados, ou ciclos de palavras que nos vêm confusas, mas vêm confusas justamente para que não nos espantemos com tuas verdades tamanhas. Que no entanto, são verdades da Verdade, a Tua.

Se trancamos as portas e janelas, é porque queremos proteger as crianças da fúria de tuas verdades. Preferimos esperar que tua fúria se torne calmaria. Que teu mar de assopro se torne um sereno rio. Que tua Voz seja para nós a voz. É que o que Tu dizes é da mais lúcida verdade, mesmo que dito aos delírios, mesmo que dito na Correnteza de tua Voz.

Portanto, preferimos tua corrente do que tua correnteza, tão poderosa que pode nos levar. Tua voz nos contagia com a corrida das palavras. Mas assim, devemos como tal respeitar tua correnteza de Voz, por nós conciliados por Ti. Mais uma vez, preferimos tua corrente, que é a correnteza da Voz. Pois tua correnteza é mais correnteza que a correnteza.

Assinado e assim dado,

Por,

Os homens, as mulheres, as crianças as casas e as árvores e os animais (o povoado em geral)

A choradeira das crianças era irresistível. Elas perguntavam, com os olhos em lágrima:

—foi a Voz, mãe? Foi a Voz?

—sim, foi.

Lá no Silêncio-do-Meio, onde o vento cuspiu a curva, a urubuzada era um bando piorzinho, um bandinho péssimo de tricotadores, que pinicavam os sacos da carcaça, com os morros moles das cabeça em poses de antro, enquanto o sol minava o solo. A agonia embaraçada dos voos fantasmaveava o pobre cortiço. Cada arrebite de asas era um ave-cruz, uma recruzada entre os voos, um repovo sinistro. Os pousos eram margens, beiras, um apovar, com as asas a bater o morar, como um anúncio de durantes, uma confusão colidida entre as penas pretas, um debandurubu, algo medonho e mal-cheiroso, que estendia tendia para todos os cantos, uma debandurubuzada. Só se via o detrás daquela despaz depois que o bando desfazia o desfazido, quando as cicatrizes escuras se resolviam em seus pontos seguros, seus mil antros. Isto é cafundó, condizia Maria da Cruz.

—não disse? É cafundó. Porque quando os urubus batiam em montanhas, suas asas, devia-se aguardar o reguardo daquele alvoroço, devia-se esperar que aquela montanha negra de penas se apousasse, se compesasse, cada qual confinando-se ao chão num cada qual de peso igual, deve-se aguardar o resguardar do bando.

Os urubus eram grenhudos, apossavam uma pose de debique, os bicos espaireciam deboches, algo não afinava, algo desagradava. Picavam talhando, talhavam picando. Eles pareciam humildes, dodóis, de dois em dois. Ali era um beiral. Aqueles sobreiros cavavam a carne e apreciavam, aparatos. Parecia uma coisa-feita. Aqueles armeiros. Aguardando o definhar, na guarda da matéria, revoando de escombro, de monte, de acumulação.

—ali não tem Bom. Entre eles o que conta conta é o povoar da carne, o povoar daquelas sombras, que criam rasgos e ciscas quando arribam ao céu, o Céu-do-Meio, esse céu de urubus. Eles são tão ah breus que o firmamento deles é o do meio, mesmo que cuspam as espumas das asas para o teto do céu! Mesmo!

Eles cutucavam ciscavam a carne, e quando revoavam, ó cruzavam.

Eles pingam os picos dos bicos com uma tanta delicadeza, era a imagem do amparo. O sombral deles era medonho, eles faiscavam, se agarreando, um situado de sombras, eles paravam ali de situação, a eles faltava uma palavra, eles eram um Núncio.

—não adianta se apadroar deles, que eles ó de só olho na gente e todavia ao céu toda vez que os tocamos em geral somente com o vento em poção das mãos. Não se consentem a nós, não.

Um certo senhor, Ocesto, que há muito tempo morou no Silêncio-do-Meio, tentado a se apessoar a eles, se aproximava corria com uma cruz na palma a revelar o sentimento de bendito. Coisa que era tentativa murcha. Pois eles tinham que o sertão de um urubu não era o sertão de um homem. Os urubus eram migratórios dos confinamentos. Viviam do dízimo real dos segredos. Coisa que o homem retém.

Ocesto andava pelas cercas, seguindo a guia delas, a rumar para sua pequena casa, uma asa quase, era só uma costa de barro emborcada que fazia sombra divina para ele. Com o tempo, correu para fechar os lados, o sapé se firmou, havia um cajueiro que ressecou e passou a compor companhia para a miúda casa, a acuada costa de barro. O rio Credo, antes de se tornar o rio Secara, baixou seu nível, os peixes começaram a desaparecer, o calor era um auto, afundava na terra, o calor mirava tudo. Havia um zunido do sol.

Os olhos pensantes de Ocesto faiscavam, às vezes pelos cortes de luz do alto nos dias mais desertos. Às vezes cavados no chão, melhorolhando o ao longo do chão. O sol minava as poucas plantas, havia um clima de arado, um clima de desaparecimento ali no Meio. Os dias estavam marcados no chão, como a seca arcava. Ali era o meio do desaparecimento.

Estranho essa coisa dos desaparecidos.

O lugar fica tão despovoado das plantas, das casas, do rio. Que fica uma alma só. Uma terra habitada pelo desaparecimento, e esse aí parece que tem corpo: onde a solidão tem paragem, pátria morta.

Pisar por esta pátria morta é amparandar, pisar a solidão da terra, um pisar desconsolado. Arandar. Que esta terra onde somente o sol planta nada mais é do que o arar do tempo. Que o fino vento que ali se insurge aqui e ali é só uma lembrança de uma alma distante. Que a alma das terras é coisa que ora a mácula do solo. Que todas as terras têm alma é sim, é. Dizem até que a coisa mais fantasma e despovoada é a alma de uma terra. Ela que um diazinho foi habitada pelo corpo das coisas. Hojezinho, só um lençol de solidão deitado com velamento sobre o leito da terra. Terra tem alma sim, é sim, dizia Ocesto. Esta alma é que assusta, esta alma é que surta. Pois não tem coisa pior que peregrinar o desconsolado, o desabitado. A alma das terras clama, sabe, com um gemido tão gritante e dormido ao mesmo tempo que isso faz espanto.

Sabe, quando parece que a terra faz bicos de calor, quando ela mostra as calosidades, a arduosidade, quando bocas de terra se quebram e a palavra se reparte entre as pedras, quando os mares secos se desvencilham, firmando só horizonte após horizonte, o destrato da terra, sua costa emancipada ao longo da solidão, os pequenos tratos também que guardam os pensamentos cruzados entre o humano e o natural. Mas ah, parece que há uma permanência sobrenatural nas terras.

Ocesto morava ali só ele e mais ele só: o cajueiro de lado com a costa de barro, a meia asa, numa companhia alta só. Com sua cruz, com a qual ele corria atrás dos pássaros, os urubus jaburus, para valer o sentido do bendito. Mas eles batiam seus montes, montanhas, num dispersar ferido ao céu, o cheirinho de carne sumindo Por-Aí, aquele odor de coisa Por-Aí. Ai, por quanto tempo ele morou, minou naquele lugarejo das areias velhas, queimadas, cavando alimento e cavando palavras com os urubus, os quais sempre dele fugiam, refugiavam, com as debandas, os debandurubus.

Ai, como ele amava a terra quando era o país solidão que ali habituava.

Era fantasmagórico, piorado, quando a terra quebrava de tanto calor e bocas com veias e o bafo morto das areias se alevantava, como se um imenso fantasma erguesse do chão de todos. O que é que é povoar, se perguntava Ocesto, o que que é? Pois só sentia uma alma das terras, sem presença dela, sem cumprimentar o vento, ordenando as distâncias.

O lugar estava condenado? Estava sim, estava Condeminado. Endeminado.

Só os jaburus habitavam de Pió, desamparados e com os bicos pingando para quem passa, os olhos de através, de espectro, pertencentes àquele meio de terra, de onde pudessem se coçar para o Céu-do-Meio. Sol parecia um hino, solene e desaparecido. Eles arrendavam o céu, com suas pinças breves, e abriam as asas fazendo daquele vilarejo alto uma cercania revirada por condenamentos, por assistemento vagaroso dos definhados no solo das almas. Aquele condenamento era de tremer o temer. Por ali ninguém mais atravessou.

Os urubus vazavam o saco das carnes. Ajuntavam, suplicantes, ao redor de dor do animal morto, implicando várias bicadas e extirpas, estripando as tripas, delgando. Depois num amontoário deles, um morro de sombras escondia o abandono. E somente quando um ou outro deles se alfinetavam, desassossegava o bandão e migravam em tramas dispersas, num rasgo só.

O Solar do Ubu-Curu era desolado também. O cós da realidade. O lugar, desabitado pelos moradores jaz muito anos, era uma ponta de mundo apreciada pelos urubus, e quem disse que urubu não aprecia ponta de casa e não faz ali vilarejo, não faz ali vila arejo? Urubu não só persegue sobra, não. Também gosta de se compor em lugar sossegado, embora nele um pavor eterno habite. É que, como dito antes, no urubu mora a solidão que se assusta com ela mesma, o urubu consome a morte que mora nele como uma vila despovoada, o urubu não pode olhar no seu espelho, senão faz boca de u, e reacende ao céu.

Anúncio P da Paixão se dizia intrigado, admirador dos urubus, que eles enfrentam a solidão pobre dos envilados e possuem suas casas nas corcovas das montanhas, aquelas corcovas monstruosas e fantasmagóricas, parece "té" que vão para ali convocados. Se apoteiam naquelas corcundas, naqueles buracos tristes, como se fossem corpos desertos, corvos desertos. Ficam a sofrer do depor do sol, a tarde vem caindo sobre eles, logo a sombra das terras planas começa a tirar o sol deles, eles vão se recolhendo naquelas mamas das montanhas, e a bem dizer também eles se parecem com mamas tristes que se encolhem em seus desenhos, não mais ficam de relace entre as grandes mamas das montanhas, se recolhem naqueles morros das almas. Aquele lugar Para-ali era chamado também de Morro-das-Almas. Era para ali que eles se retiravam. Para suas cavas covas. Quando povoavam aqueles morros mamentos, que parecia que a pedra ia borrar a encosta, que o mundo ali se derramava, desolado, debaixo do teto do céu.

Para o Morro-das-Almas eles se retiravam, se recolhiam em Tristeza. Não havia grutas ali, não que se soubesse. Mas o mamário dos morros, mamas indolentes, tortas e

ingênuas, como cabeças despovoadas pela solidão, este mamário morrento era vigário, solene. Havia várias cabeças de
morro, várias cabeças de mamas, que serviam como amas
para os depositários, os urubuzus, aqueles que se espanta-
vam com a solidão. O sertão Dali era longe. Era para ali que
eles fugiam da noite. Escapuliam para aquelas mamas de pedra após ter almoço com o teto do céu, alimentar de solidão.
Os olhos de fantasma de si, medrosos e ostentando a morte
da sorte.

(escuta bem Precipício. Te digo, eu, Tear das Vilas: aqui
começa a longa estória, de onde tu vieste bem, sabe. Tu vieste do Morro-das-Almas, daquelas mamas de pedra. Teu ovo
pitiú nasceu do Ali dali. Foi ali que aprendeste da solidão,
dos princípios do mundo. Escuta, tu e tua dinastia, e até
mesmo os homens, até mesmo... escutem)

(Alamabo estava distante, mas algo falava... distante)

Era ali o alto do mundo, o ápice das causas.

Dizia Anúncio do P da Paixão. Que contou a estória
conhecida de um certo homem das redondezas que era tão
metido a ser desbravador, que ele tinha certeza de que para
ali havia. De que para ali haveria algo mais alto do mundo,
entre aqueles mares de cabeças de pedra, entre aquelas ro-
chas sem rumo, esvaziadas de silêncio. Era para ali, dizia,
que havia. O segredo dos urubus não era a cidade, a província, não. O Solar e a igreja D da Cruz eram somente gal-
gários. O mundo estava mais para ali em cima, naquelas

alturas vertiginosas das montanhas, para além das serras que serravam o horizonte, para o Além daquela presença morta das montanhas, para onde os urubuzus buscavam e rebuscavam aparato, confinamento. Dizia este homem que um dia iria subir aquelas montanhas, aqueles lados do mundo, aqueles outros lados. Que não ia ser fácil, não não não. Mas que iria. E que precisava de um ajudante. E que convidou convencendo outro amigo seu, Joãozão Coçado, ou Oçado. Outro corajoso. Os dois tramaram tudo. O escalar.

Oçado dizia que havia um caminho que ia dar por ali, depois de desbravar o mato da serra, e que ia dar num início de caminho entre as pedras, onde o encaixe do pé tinha que ser tudo, senão dava errado e que se dali não se conseguisse sair, que nenhum urubu iria trazer de volta pelas garras, porque não Deviam. Não deviavam. Se sabiam medrosos.

Este caminho um dia ele viu, se iniciando, porque um outro homem falou que tinha, mas não voltou quando se atreveu entre aqueles altos, ó dele, o caminho dele errou, é.

O penedo, olhando de longe, era despovoado de dia, era uma província de pedras sem retidão, longas e oblongas, morronas. Ao fim da tarde, porém, era povoada por morros escuros deles, uns aqui e outros no ali, tristes, desampara-dos, de pior naquelas pontas de mundo, esperando o sol desaparecer.

E quando o sol tava quase sumido, eles ficavam pior-zão, iguais em pose e solidão, as mamas das pedras, mamas caídas de tanta solitária. Ficava um p ovo, um enfileirado onde cada um estava natal e só.

—olhe, se quiser, tenho sapato bom pra escalar, corda, facão, comida, tem tudo. É só dizer o Dia. Dizia aquele homem a Óçado. É só querer, viu.

Contava Anúncio P da Paixão, enquanto Maria da Cruz Z não estava por perto, porque se ele era da terragem, ela era da aterragem, gostava de contrapor as noções do mundo. De denunciar que o rio seca. Mesmo com toda aquela Conterragem, pois ambos era nascidos de Abenção Asas, eram do de lá.

Fora dali, daqueles morros, que nascera o primeiro Ovo, um Óvo, cheio e gordo de tanta Piedade, o céu o proveio e privilegiou

Mas para além daqueles morros havia uma última curva, ali onde mobilizam-se as ventanias, onde elas se catalisam, pois é do sopro que o verbo deu ó ovo O Ovo

Ali se chama uma Estranha Província, Ovíncia: onde a compaixão legou, onde a piedade surgiu

Ouça. Escuta-me, Precipício. Que estas Tuas Dinastias serão infinitas, mas entre nós (disse Tear) há os que enamoram-se do céu, que quando nos Cupulamos, pousando e apontando nas telhas agarragens da Vida, prezando estamos rezando nossas veredas

A verdade Infinita é a vereda

Que por estes mares, navegar é preciso precioso

A Vida é uma Via, não é?

E a Via nos leva, passando pelas verdades que são somente paragens, e os mares de vento e tempo são somente ruelas entre as nuvens, campos onde as flores deixaram seus momentâneos lírios, onde as flores são o florescer, o berço que se move nas asas das passagens, pois que toda sertania e cercania é sertão dos tempos, toda terra adentro é uma passagem entre as causas e casas, toda certeza agreste é consciência da terra, há um último útero primeiro, onde a Flor de todas as flores segrega o bem e o mal, onde não há o quem e sim o todo, ter alma é voar, em meio às nuvens há os caminhos vilarejos, as montanhas cinza acenam com veredas prometidas, são tão distantes, amplas, que cada paisagem é uma vertigem com ofuscante luz, fazer paisagem é fazer país entre as nuvens ovíncias províncias ovos, no Grande oceano que é o tempo cujas ondas são o vento, o Bem maior é a bênção de aviar por terras da flor do mundo, são tantos os mares de nuvens, são tantas áridas pradarias, que suplicar por uma mão ali naqueles confins que confinam os confins mais refinados é como tatear as penas, chegar mais perto do último confim é como comer a cor azul de uma vez, perguntar pela palavra de todas as palavras é como sentenciar a essência de uma altura, subir mais ainda pelas províncias que nos abrem passagem para outras desprovíncias é buscar mundo onde ele não é mais mundo, é procurar mundo onde ele já volta a ser país, já volta a ser sertão, já volta a ser vilarejo, já volta a ser sombra, pois de terra em terra se atravessa o sertão das coisas da mão, de Vias em Vias se chega à Vida, se chega à Hierarquia das Mesmas Coisas, pois que as asas se concebem como se conhecem, que talvez a última porta, com o hino glorioso da desProvidência, seja o modo de ternura com que a Providência colhe de volta seus ovos, pois ser do sertão da Terra e estar abandonado da palavra é o mesmo que ser do sertão do Céu e estar já pertencido

Toda Ternura é Terra

Toda Via é Vida, Toda Via é Vida toda Via é Viva

Assim disse o Ó do céu: Óvia, Ó via quando todos me perguntaram pelos ouvidos se a asa não é a palavra e se a palavra não é a asa

Portanto,

Disse Tear das Vilas,

Escuta, de vez, Precipício:

Não importa se tens asas, mas não tens paragem certa.

O que importa,

Se tu não vives no grande mundo mas vives na província,

Onde eterno é o Ciclo,

Pois a província que é a terra é uma província do grande Ó mundo, Ómundice

És eterno enquanto paragem eternaA

O que importa,

Precipício Elo, Alamabo dos Homens, Dolores Fiel do Perdão, Precipitado Elo, Aurora Elo, Santo Vilão dia morto, Aviando, Gurjão Abraça-céu, Alpeão "contanto", Asas Alívio, Caçanda das Invejas, Havida dos Dias, Havido Tempo dos Dias e Havido Vento dos Dias, Íris das Vilas (Minha Mãe), Gurjão "abraça-mundo", Antomio das Abas, Vasto Rúbio e Casto Arrábio, Aldeão, Zé Liberto, Abas Liberto, Aberto Liberto, Seu Surrupião e toda a gente de Vilarejo dos Vilões, vila dos céus e sertão...

É veranear pairar com as asas,

Pois os homens precisam entender que ser da terra é ter asas do céu, pois que nós, pássaros do mundoÓ, sabemos que ser do céu é ter asas da terra

Assim Sendo, conclamo-os:
Voar e Sertanear é preciso, viver não é preciso,
Assim Sendo, conclamo-os:

HABEAS ASAS, SERTÃO DE CÉU!!!

Assim, desde o Verbo, Eu, Admirando, Ó vi, como o Ó
do céu viu a terra

...

Este livro foi composto na tipologia Minion Pro,
em corpo 11,5/15,3, e impresso em papel off-white 80g/m²
no Sistema Cameron da Divisão Gráfica
da Distribuidora Record.